# Κλίμακα Καρντάσεβ Μηδέν

Του Λώλα Θεοφάνη

Το ακόλουθο βιβλίο είναι προϊόν μυθοπλασίας, επομένως οποιαδήποτε ταύτιση ονομάτων ή επαγγελμάτων είναι απλή σύμπτωση και δεν πρέπει να συγχέεται με την πραγματικότητα.

Πολλές ευχαριστίες στον πατέρα μου, τη μητέρα μου, την αδερφή μου, Θάνια, τον καλό μου φίλο, Ηλία, και τον έρωτά μου, τη Βιέρνες.

ISBN: 978-618-87842-1-5

# Λίγα πράγματα για τον συγγραφέα

Ο Λώλας Θεοφάνης, γεννήθηκε το 2010 στην Πάτρα. Στα εννιά του χρόνια, κατέκτησε τη δεύτερη πανελλήνια θέση στο πρωτάθλημα τεχνικού Tae Kwon Do Kim e Liú 2019, στο στάδιο Ειρήνης και Φιλίας τής Αθήνας.

Έχει υπάρξει συγγραφέας άλλων έξι βιβλίων:

Φανίστικη Μυθολογία

Ο Πρώην Διευθυντής

Μια Σειρά από Μυστήρια

Το Ημερολόγιο ενός Ψυχοπαθή

Το Αγόρι που έκανε Συμφωνία με τον Θάνατο

Ο Θρησκευτικός Αποπροσανατολισμός

Δύο εκ των οποίων, έχει συγγράψει με ψευδώνυμο.

Δείτε περισσότερα στο lolastheofanis.gr.

# Σημείωμα του Συγγραφέα

Η αγάπη μου για τη συγγραφή βιβλίων ήταν εμφανής από πολύ μικρή ηλικία, αλλά χρειάστηκαν μερικά χρόνια για να κατανοήσω τον πραγματικό λόγο που ήθελα να γράφω βιβλία.

Βέβαια, ήταν ένας τρόπος να εκφραστώ, όμως μέσα από τα βιβλία μου, πετύχαινα κάτι μακράν σπουδαιότερο: να περνάω μηνύματα στον κόσμο.

Όλα όσα ήθελα να πω στους γύρω μου, τα αποτύπωνα με αλληγορικό τρόπο, σε μερικά κομμάτια χαρτί.

Άλλες φορές, ήθελα να μιλήσω για το πόσο μικρή είναι η ζωή, αλλά και το πόσο σημαντική μπορούμε να την κάνουμε. Γνώρισα στους αναγνώστες μου τον Βερώνε, ένα αγόρι που έκανε συμφωνία με τον Θάνατο.

Άλλες φορές, ήθελα να μιλήσω για την αποξένωση του ανθρώπου από την κοινωνία, και προπάντων, από τον εαυτό του. Σύστησα στους αναγνώστες μου έναν άνδρα που η κοινωνία τον είχε ονομάσει "Ψυχοπαθή".

Μα αυτό το βιβλίο, είναι ένας συνδυασμός όλων όσων θέλω να πω. Ένα γεγονός που με άγγιξε βαθιά, ήταν το σιδηροδρομικό δυστύχημα των Τεμπών. Μια τραγωδία που ταρακούνησε όλη την Ελλάδα. Προ ολίγων ημερών, έγινε μια μεγάλη απεργία, στην οποία σχεδόν τα πάντα ήταν κλειστά, και οι άνθρωποι έψαχναν δικαίωση για τις πενήντα επτά αδικοχαμένες ψυχές.

Εάν έχετε διαβάσει τα προηγούμενά μου μυθιστορήματα, σίγουρα ξέρετε πως ένα σιδηροδρομικό δυστύχημα, αποτελεί τον γνώμονα των ιδεών μου. Αυτό στο οποίο παρασύρθηκε ο πατέρας τού Βερώνε, ή αυτό το οποίο προκάλεσε το Μαύρο Κογιότ.

Ύστερα από τον ξεσηκωμό για τα Τέμπη, η εισβολή τής Ρωσίας στην Ουκρανία, και ο πόλεμος ανάμεσα στο Ισραήλ και την Παλαιστίνη στη λωρίδα τής Γάζας, με οδήγησαν στο ένα και μοναδικό συμπέρασμα: έπρεπε να βάλω κι εγώ το λιθαράκι μου.
Αν και η ανθρωπότητα προοδεύει, δε βλέπω παρά ένα ζοφερό τούνελ: ένας ιός απειλεί να εξαφανίσει την ανθρωπότητα,

και πολλοί άνθρωποι λένε πως το εμβόλιο θα τους ελέγξει τον εγκέφαλο.

Άλλοι λένε πως ποτέ δε στείλαμε ανθρώπους στο φεγγάρι, το οποίο, όπως λένε, μάλλον είναι φτιαγμένο από τυρί, και αιωρείται πάνω από μια επίπεδη Γη.

Κλιματική αλλαγή; Καθαρά ψέμα. Τα καλοκαίρια των πενήντα βαθμών Κελσίου; Μας φαίνονται, έχουμε παραισθήσεις, ή έτσι ήταν πάντα. Το ίδιο και με τους πάγους που λιώνουν στην Ανταρκτική. Αυτό το βιβλίο, απαντάει στην ερώτηση: Προλαβαίνουμε;

Ο καθένας προσφέρει όπως μπορεί, στον μεγάλο μας αυτόν αγώνα. Έτσι και εγώ, θα αφιερώσω ένα βιβλίο σε όλα αυτά, και θα συμβάλω, όσο μπορώ, στην πρόοδο του ανθρώπινου είδους.

# Περιεχόμενα

# Πρόλογος

Ένας άνδρας με το βαρύ, σχισμένο του παλτό, περπατάει στους κρύους δρόμους. Φοράει στο πρόσωπό του μια μάσκα που φιλτράρει τον τοξικό αέρα, και υποφέρει από τον ιό που κουβαλάει.

Σε μερικές χιλιάδες βήματα, περπατάει δίπλα από έναν μισογκρεμισμένο τοίχο, στον δρόμο για τον λόφο. Πεσμένη μια μητέρα με μια μάσκα, που κρατάει στην αγκαλιά το νεκρό μωρό της.

Έβγαλε το παλτό, και της το έδωσε: σήμερα θα πέθαινε, και το είχε πάρει απόφαση. Εάν έπρεπε να πεθάνει για να φέρει ειρήνη, έπρεπε να το κάνει.

Περπάτησε λίγο ακόμη, μέχρι που ανέβηκε επάνω στον λόφο. Άκουγε καθαρά τους πυροβολισμούς. Κινδύνευε να πέσει νεκρός από τις σφαίρες.

Δε γινόταν μάρτυρας ενός πολέμου ανάμεσα σε κράτη, αλλά μιας διαμάχης ανάμεσα σε μικρές ομάδες ανθρώπων, που πάσχιζαν να βρουν τροφή, και να κυριαρχήσουν εδάφη.

Κοίταξε στο υπερπέραν, κι έβλεπε σκόνη στην ατμόσφαιρα, νεκρά δέντρα, βομβαρδισμένα κτίρια: θάνατος.

Έβγαλε τη μάσκα του, φώναξε μια κραυγή, ξαναφόρεσε τη μάσκα του. Πήρε βαθιά ανάσα, έβγαλε τη μάσκα του, φώναξε κραυγή, να τον ακούσει όλη η πόλη...

Το ξαναέκανε άλλες δέκα φορές...

# Κεφάλαιο Ι

Το στυλό χάραξε το χαρτί.
"Πάει και αυτό". Είπε με ένα ανέκφραστο πρόσωπο ο κος Βενέδικτος.
"Κύριε Βρέλη, έχετε να υπογράψετε και τα χαρτιά για την ασφάλεια ζωής"... Του αποκρίθηκε ένας υπάλληλος.
"Και άλλα; Μα, για όνομα του Θεού, δηλαδή, άλλη δουλειά δεν έχουν";

Δεν είχε άλλη επιλογή: έβαλε σφραγίδες και υπογραφές. Σε λίγο, ένας ψηλός, εύσωμος άνδρας με κοστούμι, μπήκε στο γραφείο τού κύριου Βενέδικτου Βρέλη.
"Καλημέρα, Βενέδικτε". Είπε με ένα χαμόγελο.
Εκείνος σήκωσε το κεφάλι του, κοίταξε τον ιδιοκτήτη τής εταιρείας στης οποίας τα γραφεία καθόταν τόσην ώρα, τραύλισε

ένα "Καλημέρα", και συνέχισε με τις υπογραφές.

Είχε μαύρα μαλλιά, χτενισμένα προς τα πίσω και, αν και σχετικά νέος, οι ρυτίδες κυριαρχούσαν στο πρόσωπό του. Ποτέ δε χαμογελούσε, το είχε σε κακό.
"Αν και ολίγον τι ψυχρός", έσπασε την ενός λεπτού σιγή ο κοστουμάτος, "ομολογώ πως το να σε κάνω διευθυντή ήταν από τις καλύτερες αποφάσεις που έχω πάρει"!

"Το γνωρίζω"... Μουρμούρισε ο Βενέδικτος.
"Θα μπορούσες να πεις ένα ευχαριστώ... Εν πάση περιπτώσει, τα νούμερα μιλάνε από μόνα τους"... Είπε χαρούμενα ο κοστουμάτος.

Τοποθέτησε μία γλάστρα με έναν κάκτο επάνω στο γραφείο του Βενέδικτου, κάτι που γοργά, του τράβηξε την προσοχή.
"Ορίστε ένα δείγμα της εκτίμησής μου"...

“Θα πέσει εκεί που το βάλατε, κύριε Βεργανελάκη”. Είπε κοφτά ο Βενέδικτος.
“Ε, τότε, ας κάνουμε λίγο χώρο”... Είπε ο ιδιοκτήτης, πριν επιχειρήσει να μετακινήσει λίγο ένα στερεωμένο καδράκι με μια φωτογραφία.

Ο Βενέδικτος τίναξε το χέρι του, και σταμάτησε το αφεντικό του.
“Πάντοτε ήσουν περίεργος άνθρωπος, Βενέδικτε... Και τί θα το κάνω αυτό”;
“Μπορείτε να το πάρετε, κύριε Βεργανελάκη. Αν επιθυμείτε να μου κάνετε δώρο, βάλτε μου χρήματα στην τράπεζα”. Είπε με σκυμμένο το κεφάλι ο Βενέδικτος.

Καθαρά ενοχλημένος, ο ιδιοκτήτης αποχώρησε. Εάν δεν είχε τόσο καλή επίδοση, ο Βενέδικτος θα είχε απολυθεί από εχθές. Άπλωσε το χέρι του αργά, και ξαναστερέωσε καλά το καδράκι.

Είδε στη φωτογραφία μια όμορφα ντυμένη γυναίκα, με κρεμαστά σκουλαρίκια και ψηλές γόβες, που κρατούσε στο χέρι της το μικρό χεράκι ενός κοριτσιού. Ήταν η γυναίκα του και η κόρη του.

# Κεφάλαιο ΙΙ

Και έτσι πήγαινε η ζωή τού Βενέδικτου: μέρα μπαίνει, μέρα βγαίνει, όλα ίδια και απαράλλαχτα. Μια μεγάλη, ασπρόμαυρη έρημος, που χαρακτηρίζεται από μονοτονία.

Πέρασαν οι χρόνοι, και ο εικοστός αιώνας έμεινε πίσω, αφήνοντας την ανθρωπότητα να μπει με τα μεγάλα τεχνολογικά της άλματα στον εικοστό πρώτο αιώνα, τόσο ημερολογιακά, όσο και προοδευτικά.

Τριάντα μια Δεκεμβρίου του 1999, και ο Βενέδικτος στέκεται όρθιος σε μία ταράτσα. Ακουμπάει τα κάγκελα, και το δροσερό αεράκι τού δίνει ένα ευπρόσδεκτο διάλειμμα.
Είχε ντυθεί όπως πάντα: με ένα παλτό, κομψά παπούτσια, και ένα κασκόλ. Ήταν

δανδής. Έτσι όπως άρμοζε σε έναν διευθυντή ασφαλιστικής εταιρείας...

Ύστερα από μερικά λεπτά, ένας ακόμη άνδρας στάθηκε δίπλα του, και απήλαυσαν για λίγο ακόμη τον νυχτερινό ουρανό. Τράβηξε την ταμπακιέρα από την τσέπη, και δίπλα από τον Βενέδικτο, ο άνδρας έβγαλε ένα τσιγάρο, και το άναψε.
"Τσιγάρο"; Ρώτησε ο κύριος Ζαβουριανός.
"Δεν καπνίζω, ευχαριστώ"...
"Δεν καπνίζεις; Ε, τότε, να μη σε αναγκάσω να εισπνεύσεις καπνό"...
"Όχι, δε με πειράζει"...
Δεν τον ενδιέφερε.

Ύστερα από μερικά ακόμη λεπτά, ο κύριος Ζαβουριανός έριξε μια ματιά στο ρολόι του.
"Σε έξι λεπτά θα σημάνει δώδεκα. Θα πρέπει να βιαστούμε, αν θέλουμε να αφήσουμε πίσω τον εικοστό αιώνα με

τους αγαπημένους"! Είπε εύθυμα ο κύριος Ζαβουριανός.
"Καλύτερα να τον αφήσω πίσω κοιτώντας τα αστέρια"...
"Δε σε κάλεσα στο σπίτι μου για να μείνεις σαν της ερημιάς το στάχυ! Κάτω είναι η γυναίκα σου και το παιδί σου"!
"Θα έρθω".

Ο κύριος Ζαβουριανός αποχώρησε. Από εκείνη την ημέρα, τα πράγματα δεν πήγαν καθόλου καλύτερα: δύο ακριβώς χρόνια αργότερα, μερικές ώρες ύστερα από την έναρξη του έτους 2002, τέθηκαν σε κυκλοφορία τα πρώτα νομίσματα και χαρτονομίσματα του ευρώ.

Έγινε μια μεγάλη μετάβαση νομίσματος, η μεγαλύτερη στην Ελληνική ιστορία. Και, αν και αρχικά όλα πήγαιναν καλά, δεν άργησε να έρθει η παγκόσμια οικονομική κρίση.

Ορισμένοι, πλημμυρισμένοι από εθνικισμό, κατηγόρησαν το κράτος για την υιοθέτηση ξένων τεχνικών, καθώς υποστήριζαν πως το Ελληνικό κράτος ήταν το καλύτερο, και καλά θα έκανε να μην επιζητά μεγαλόπνοες αλλαγές, ούτε και να μιμείται τα άλλα κράτη. Ανάμεσά τους ήταν και ο Βενέδικτος.

Απρίλιος 2010. Ο Βενέδικτος κάθεται, όπως πάντα, ανέκφραστος στο γραφείο του. Τους τελευταίους δύο μήνες, σε συνεννόηση με άτομα του εξωτερικού, έχει απολύσει πάνω από το δέκα τοις εκατό του προσωπικού της εταιρείας. Απ' όταν η κρίση χτύπησε την Ελλάδα για τα καλά, τα χρέη τής εταιρείας αυξάνονταν και δεν της έδιναν την πολυτέλεια να πληρώνει τόσα πολλά άτομα.

Αναθέτοντας περισσότερες δουλειές σε λιγότερους, η ασφαλιστική εταιρεία

*Νέμεσις*, κατάφερε να εξοικονομήσει ένα εκατομμύριο ευρώ μέχρι το πέρας του 2010. Δεν τον άγγιξε ούτε στιγμή το ότι όλοι οι άνθρωποι που απολύονταν είχαν οικογένειες, όπως και αυτός.

Έξω από την πόρτα του γραφείου του, ακούστηκαν να συζητάνε δυο υπάλληλοι. "Τα άκουσες"; Είπε ο πρώτος. "Λένε πως μετά την απόλυσή του, ο Μπάμπης... Έβαλε ένα τέλος... Σε όλα"...
"Αλήθεια; Πω, πω, τί λες τώρα"... Είπε ο δεύτερος σοκαρισμένος.
Ο Βενέδικτος ένιωσε ένα σφίξιμο.
"Μπάμπης... Μπάμπης"... Δεν του έλεγε κάτι. Μα ήταν άνθρωπος με οικογένεια, και μόλις τα είχε παρατήσει όλα.

Όντας βαθιά συντηρητικός, δογματικός και θρησκευόμενος άνθρωπος, ο Βενέδικτος ήταν ένθερμος υποστηρικτής της άποψης πως η αυτοκτονία ήταν παρεμβολή στο σχέδιο του Θεού. Κανένας θνητός, δεν είχε το δικαίωμα να αφαιρέσει τη ζωή του.

Τον ξελάφρυνε αυτή η σκέψη από το βάρος των τύψεων; Ένιωθε λιγότερο ένοχος τώρα; Έφταιγε ο Μπάμπης, τελικά;

"Πηγαίνετε πίσω στις δουλειές σας"! Έβαλε μια αγριοφωνάρα.
Οι υπάλληλοι έδωσαν μερικές δικαιολογίες σχετικά με το γιατί δε δούλευαν, και γύρισαν στα γραφεία τους.
Ο Βενέδικτος έβγαλε ένα στυλό, και το έφερε κοντά στο χαρτί. Ήταν έτοιμος να υπογράψει για την απόλυση μιας ακόμη γυναίκας, ονόματι *Μαρία Εμμανουηλίδου*...
Μέχρι στιγμής, όλα τούτα τα ονόματα δεν του ήταν παρά λέξεις.

Μήπως τώρα έβλεπε και τα πρόσωπα από πίσω;

Με αποφασιστικότητα, έβαλε την υπογραφή και τη σφραγίδα.
"Είναι έτοιμα τα χαρτιά"; Του αποκρίθηκε ένας από τους υπαλλήλους.
Εκείνος, σιωπηλός, τα έχωσε σε έναν φάκελο, και του τα έδωσε.
Καθώς ο υπάλληλος έφευγε, έγνεψε καταφατικά και χαιρέτησε τον ιδιοκτήτη.

"Καλημέρα, Βενέδικτε"... Είπε κάπως σκεπτικός. "Θα ήθελα την απόλυτη προσοχή σου"...
"Τα χαρτιά τα έδωσα. Θα πρέπει να σας σώσουν άλλες τρεις χιλιάδες"...
"Όχι, δε λέω αυτό"... Δίστασε ο Ζαβουριανός. "Άκου, μας βοήθησες πολύ, και ξέρεις από αριθμούς, οπότε, ελπίζω να καταλαβαίνεις"...

Η απόλυση του Βενέδικτου τον χτύπησε σα γροθιά στο στομάχι. Του ήρθε από εκεί που δεν το περίμενε. Ένιωσε λίγο από τον πόνο που οι υπάλληλοι είχαν νιώσει πριν από αυτόν.

Με μια κούτα που περιείχε τα κάδρα και τα στυλό του, ο Βενέδικτος περπάτησε προς το αμάξι του. Με το που μπήκε, κατάλαβε πώς είχε η κατάσταση. Χλόμιασε, είχε ένα βλέμμα κενό. Με ένα ουρλιαχτό, άρχισε να κοπανάει την κόρνα του αυτοκινήτου και να χτυπιέται.

Όταν ο δυστυχισμένος πιο πολύ δυστυχήσει, είναι στη δυστυχία μαθημένος. Μα όταν ο άρχοντας δυστυχήσει, πιο βαριά τη νιώθει τη δυστυχία.
Και αυτή ήταν η αρχή: τα πράγματα πήγαν από το κακό στο χειρότερο, από εκείνη την ημέρα και μετά.

Οι καυγάδες στο σπίτι ήταν συχνοί, και κάθε φορά πιο δυνατοί.
Κι ένα βράδυ που έπεσαν τσακωμένοι να κοιμηθούν, δεν άργησε να γίνει το μοιραίο:
Ξύπνησε ο Βενέδικτος μες στη μέση της νυχτιάς, γεμάτος τύψεις για όσα είχε ξεστομίσει. Γύρισε προς την πλευρά της γυναίκας του, μα δεν την είδε.

Πετάχτηκε ορθός, και τα μάτια του άρχισαν να δακρύζουν... Διότι ήξερε τί είχε γίνει... Έτρεξε όμως με μια ελπίδα, στο δωμάτιο της κόρης του. Η βαλίτσα που είχε κάτω απ' το κρεβάτι της έλειπε.

Ο Βενέδικτος έτρεξε στο σαλόνι, και βρήκε ένα χαρτάκι κολλημένο επάνω στην πόρτα:
"Σε μερικές ώρες, θα φτάσουμε στο αεροδρόμιο Χίθροου. Μη μας ψάξεις".
Ο Βενέδικτος ένιωσε πως έχανε τη Γη κάτω από τα πόδια του. Δεν ήξερε τί να κάνει, πού να σταθεί. Στραβοπάτησε μέχρι

τον καναπέ, κι έμεινε εκεί. Σκεφτόταν. Όλες τις όμορφες στιγμές που είχαν περάσει μαζί... Τί ωραία που ήταν...

Και την κόρη τους, την Αριάδνη, την οποία δε θα ξαναέβλεπε, μάλλον, ποτέ... Πώς κυλιότανε στις λάσπες... Ένα δάκρυ κύλησε από το μάτι του. Μα την εμπιστευόταν, και ήξερε πως θα έχει την κόρη τους καλά...

Έμεινε στον καναπέ, να τα σκέφτεται όλα αυτά. Έκατσε εκεί. Μέχρι την επόμενη ημέρα το πρωί... Με βλέμμα κενό. Δεν καταλάβαινε τίποτε. Ένιωθε εκείνη την ανάγκη, πως έπρεπε να ξαναπάει στη ρουτίνα του, πως έπρεπε να κάνει ότι τίποτε δεν έγινε.
Και, κάθε πρωί, έκανε το ίδιο: άνοιγε την τηλεόραση. Κι έτσι έκανε... Την άνοιξε. Μα τώρα, ήταν διαφορετικά. Τώρα πια, δεν έβλεπε τις ειδήσεις για να περάσει ο

χρόνος, ούτε και για να λέει πως είναι ενημερωμένος. Δεν ήξερε γιατί τις έβλεπε.

Μέχρι που απότομα αναβόσβησε κάτι στην οθόνη, και φάνηκε μια γυναίκα. Ήταν αυτή; Ήταν ολόιδια με τη γυναίκα του! Μα, σαν την είδε καλύτερα, αναγνώρισε τη δημοσιογράφο...

"Δυστύχημα σε πτήση από Ελευθέριος Βενιζέλος Αθήνα-Χίθροου Λονδίνο, όπου ένα αεροπλάνο με ογδόντα τρεις επιβάτες και εννέα μέλη πληρώματος έπεσε, και συγκρούστηκε με μια πεδιάδα της Γαλλίας. Μέχρι στιγμής, τα ευρήματα δείχνουν πως κανένας από τους επιβάτες δεν επιβίωσε, καθώς η σύγκρουση ήταν τεράστια. Τα αίτια του δυστυχήματος, ακόμη διερευνώνται".

# Κεφάλαιο ΙΙΙ

Έκατσε βαριά στον καναπέ. Το ένα χτύπημα δυνατότερο από το άλλο. Έμεινε ανέκφραστος. Δεν ήξερε εάν έπρεπε να φωνάξει, να κλάψει, ή να αυτοκτονήσει. Ήταν μόνος.

Πάει η κόρη του, πάει και η γυναίκα του: είχαν πέσει θύματα ενός αεροπορικού δυστυχήματος. Και τα άλλα δεκάδες άτομα που πέθαναν μαζί τους; Ποιος νοιάζεται για αυτά; "Να νοιαστούν οι δικές τους οικογένειες"! Έτσι θα είπε από μέσα του ο Βενέδικτος.

Έφερε τις παλάμες του στο πρόσωπο, να συλλογιστεί λίγο ακόμη τί έπρεπε να κάνει. Μέχρι που δεν άντεξε άλλο: πετάχτηκε όρθιος, έτρεξε στην κουζίνα, και έβγαλε ένα μπουκάλι βότκα. Έριξε σε ένα ποτήρια, και άρχισε να πίνει... Και να πίνει...

Μέχρι το πρωί, είχε αδειάσει όλο το μπουκάλι, και είχε αποκοιμηθεί στο καναπέ. Ο πόνος ήταν αβάστακτος: αυτός έφταιγε για ό,τι είχε γίνει. Εάν πρόσεχε παραπάνω, εάν ήταν πιο παραγωγικός, ίσως εάν δεν απέλυε τόσο εύκολα τους υπαλλήλους, τώρα θα ήταν αγκαλιά με τη γυναίκα του.

Μα δεν ήταν έτσι.

Σαν ξημέρωσε το πρωί, εκείνος δεν ήθελε να βλέπει το φως τής ημέρας. Έκλεισε τα παραθυρόφυλλα, και άρχισε να φωνάζει και να μισεί τον εαυτό του. "Εσύ, εγωιστή, παλιάνθρωπε, να, πάρ' τα"! Δάκρυα έτρεχαν καταρράκτες, κι εκείνος άρχισε να βαράει το πρόσωπο και την κοιλιά του, μέχρι που ξεκίνησε να ματώνει.

Ήθελε κάτι να τον παρηγορήσει, κάτι να απαλύνει τον πόνο του, να τον βοηθήσει να θάψει τις ενοχές και τα προβλήματά του. Και αυτό ήταν ένα: η νικοτίνη.

Είχε ξεκινήσει να καπνίζει πριν πολλά χρόνια, μα το σταμάτησε όταν γνώρισε τη γυναίκα του, δεν ήθελε να της κάνει κακή εντύπωση.
"Δε βαριέσαι"; Ρώτησε ρητορικά τον εαυτό του, σηκώθηκε ζαλισμένος και μεθυσμένος από τον καναπέ, μέχρι που έφτασε σε ένα συρτάρι.

Άρπαξε το πακέτο με τα τσιγάρα, έσυρε ένα έξω, και το έφερε στα χείλη του.
"Έναν αναπτήρα θέλω! Πού 'ναι τος, ανάθεμά τον"; Και ξεκίνησε να ανοίγει τα συρτάρια και να ψάχνει με οξυθυμία.

Έκανε το σπίτι άνω-κάτω. Σα βρήκε τον αναπτήρα, το σκηνικό φαινόταν σα να είχε δεχθεί επίθεση από ληστές.

Άναψε το τσιγάρο, και εισέπνευσε. Ένιωσε αυτή την παλιά αίσθηση, μα είχε ξεσυνηθίσει, φαίνεται, και άρχισε να βήχει, χτυπώντας το τραπέζι.
"Δε θα με πτοήσεις, ρημάδι"! Φώναξε, και ξαναεισέπνευσε τον καπνό.

Εκείνη την ημέρα, από έναν διευθυντή της μεγαλύτερης ασφαλιστικής εταιρείας στην Ελλάδα, ο Βενέδικτος κατέληξε ένας αλκοολικός καπνιστής, που ζούσε σε ένα ερείπιο, γεμάτο σπασμένα γυαλιά, τσιγάρα, υπολείμματα και βρώμα. Για πόσον καιρό, όμως, μπορούσε να κρατήσει αυτό;

Σκότωνε τον εαυτό του αγάλι-αγάλι, και δεν ενοχλούσε κανέναν. Όμως μέσα του

ήξερε καλά, πως θα γινόταν πολύ επιθετικός, αν κανείς του μιλούσε.
*Ντιν-Ντον.* Χτύπησε μια μέρα το κουδούνι.
"Δεν είμαι εδώ"! Φώναξε τύφλα στο μεθύσι ο Βενέδικτος.
"Ανοίξτε κύριε Βρέλη, κοινόχρηστα".
Ακούστηκε μια φωνή πίσω από την πόρτα.

Ξαπλωμένος στο σκοτεινό του σαλόνι, ο Βενέδικτος αγνόησε τον άνδρα που τον καλούσε, και τον άφησε να χτυπάει το κουδούνι.
*Ντιν-Ντον.*
"Δεν έχω ρευστό, παράτα με"! Γαύγισε ο Βενέδικτος.
"Έχετε να πληρώσετε έξι μήνες, κύριε Βρέλη".
Ο Βενέδικτος, φουριόζος, σηκώθηκε όρθιος, πήγε στην πόρτα, και την άνοιξε απότομα.

Ο άνδρας έμεινε να τον κοιτάει. Πού είχε πάει ο κομψός διευθυντής τής εταιρείας "*Νέμεσις*"; Ποιος ήταν αυτός ο απεριποίητος μουσάτος, με το λερωμένο φανελάκι του, τα κόκκινα μάτια, το μπουκάλι βότκα στο χέρι, και το τσιγάρο στα χείλη;
"Είναι εξακόσια ευρώ, κύριε Βρέλη".
"Λεφτά θες, ε"; Άρχισε να γελάει ο Βενέδικτος.
Από αμηχανία, γέλασε και ο άνδρας.
"Ε, αφού θες λεφτά, θα τα έχεις"! Και σαν είπε αυτό, ο Βενέδικτος άρπαξε τον άνδρα από τον γιακά, και του έδωσε μια γροθιά στο πρόσωπο.

Εκείνος φώναξε από τον πόνο, και έκανε μερικά βήματα πίσω, μα ο Βενέδικτος βγήκε από το διαμέρισμα, τον άρπαξε, και του έριξε μια γροθιά στο στομάχι.

“Δεν έχω ΛΕΦΤΑ”! Του φώναξε μέσα στο αφτί, και ύστερα βρόντηξε την πόρτα πίσω του.
Έκατσε απότομα στον καναπέ, και άνοιξε την τηλεόραση.
“*Στη Στοκχόλμη, Σουηδία, διοργανώνεται παρέλαση από την κοινότητα ΛΟΑΤΚΙ+, με συμμετοχή πάνω από δεκαπέντε χιλιάδες άτομα*”. Ακούστηκε η δημοσιογράφος.

Ο Βενέδικτος έμεινε εμβρόντητος.
“Και μετά τους λένε και εξελιγμένους! Άλλη δουλειά δεν έχουν τα στραβάδια, να κάνουνε παρελάσεις για αυτά τα ξεβράσματα της κοινωνίας, να μην πω! Δεν πάνε στα σπιτάκια τους να κρεμαστούν, λέω ‘γω; Άι στον διάολο πρωινιάτικα! Δεν πειράζει, θα καούν στην κόλαση”!
*Ντιν-Ντον.*
“Άμα, πια”!
Μόλις άνοιξε την πόρτα, είδε μπροστά του έναν αστυνομικό, να τον κοιτάζει άγρια.

"Κύριε Βρέλη, συλλαμβάνεστε για ξυλοδαρμό".

Σε λίγη ώρα, ο Βενέδικτος βρισκόταν με τις χειροπέδες στο αστυνομικό τμήμα.
"Κύριε Βρέλη, βρίσκεστε σε πολύ δύσκολη θέση". Ξεκίνησε να μιλάει η αστυνομικός.
"Ίσως να θέλετε να μιλήσετε με τον δικηγόρο σας"...
"Δε θέλω δικηγόρο".
"Καλώς. Σας έχουν κάνει μήνυση για ξυλοδαρμό, και η τιμωρία για αυτό μπορεί να φτάσει έως και δύο έτη φυλάκιση. Είστε τυχερός που το θύμα δεν αιμορράγησε. Φαίνεται πως είσαστε μεθυσμένος, και αδυνατήσατε να προξενήσετε σοβαρή ζημιά".
"Τι θες"; Ρώτησε απότομα ο Βενέδικτος.
"Δεν πας στην κουζίνα σου, λέω 'γω";

Η ανακριτής έμεινε εμβρόντητη. Φαίνεται πως αυτός ο άνδρας δεν είχε επίγνωση τής θέσης του, και έπαιζε με τη φωτιά. "Λυπάμαι που είχατε την ατυχία να ανακριθείτε από μία γυναίκα", ξεκίνησε να τον χλευάζει, "μα ίσως να χρειαστεί να σας υπενθυμίσω πως αυτή η γυναίκα είναι εισαγγελέας".
Για λίγο σα να του πέρασε το μεθύσι, και να κατάλαβε τι είχε πει μόλις.
"Εν πάση περιπτώσει", μίλησε πιο ήρεμα η εισαγγελέας, "πιστεύω μπορείτε να λύσετε το θέμα εξωδικαστικά με ένα χρηματικό ποσό, και την πληρωμή των κοινοχρήστων, εννοείται".

Ο Βενέδικτος δεν είχε άλλη επιλογή: με τη συνοδεία των αστυνομικών γύρισε στο σπίτι του, και παρέδωσε το απαραίτητο χρηματικό ποσό, από τα χρήματα που είχε φυλαγμένα μέσα στη σακούλα κάτω από τον νεροχύτη.

“Να δω πώς θα πάρω τσιγάρα, τώρα”! Είπε στους αστυνομικούς απότομα.
“Σας συμβουλεύω να πιάσετε μια δουλειά, κύριε Βρέλη”. Έτσι είπε ο άνδρας των κοινοχρήστων.

Και είχε δίκιο. Ο Βενέδικτος έπρεπε να πιάσει μια δουλειά. Πάνω από μία, ίσως. Δεν μπορούσε να ζήσει άλλο έτσι.

Την επόμενη ημέρα το πρωί ξυρίστηκε, έκανε ένα ντους, φόρεσε το καλύτερό του κοστούμι, ξεσκόνισε τα παλιά του λουστρίνια, και ξεκίνησε να πάρει τούς δρόμους, με μια φωτογραφία τής γυναίκας του και της κόρης του στην τσέπη τού σακακιού.

Γύρισε πολλές εταιρίες από εδώ και από εκεί, μα δεν μπορούσε να δεχτεί πως ένας πρώην διευθυντής, θα δούλευε σαν κοινός

υπάλληλος, που θα πληρώνεται με βασικό μισθό.
"Φοβάμαι πως το ταμείο μας, είναι η μόνη θέση που μπορούμε να δώσουμε, κύριε Βρέλη. Και ο μισθός είναι πολύ καλός για αυτή τη θέση". Είπε ο κύριος Παπαχατζής, διευθυντής σε μία μεγάλη αλυσίδα υπεραγορών.
"Τότε δε θα πάρω"! Είπε απότομα ο Βενέδικτος, και σηκώθηκε από την καρέκλα.

Μα, σαν έφτασε στην έξοδο, έβαλε το χέρι στην τσέπη, είδε τη φωτογραφία, και ύστερα το αποφάσισε: έπρεπε να πιάσει δουλειά. Γύρισε στο γραφείο τού διευθυντή, και είπε:
"Εκείνη τη θέση στο ταμείο, την έχετε ακόμη";
Έπιασε δουλειά, την επόμενη ημέρα το πρωί. Δεν είχε συνηθίσει να πρέπει να εξυπηρετεί τόσο κόσμο, μα έπρεπε να το

κάνει. Κόσμος ερχόταν, κόσμος έφευγε, μα εκείνος ήταν πάντοτε σοβαρός, οριακά ανέκφραστος.

Άδειος.

Πέρασαν έτσι δύο μήνες. Το σπίτι του επανήλθε στην αρχική του κατάσταση: χωρίς σκουπίδια και αποφάγια, χωρίς μπουκάλια με ουίσκι και βότκα.

Όμως δεν είχε τη δύναμη να είναι πλήρως ανεξάρτητος: έβγαλε ένα τσιγάρο, το έφερε στα χείλη και άναψε την άκρη, μαζί με τον καφέ του, σε ένα Σαββατιάτικο πρωινό. Όπως πάντα, άνοιξε την τηλεόραση, να δει τις ειδήσεις.

Αλλά στην πραγματικότητα, απ' όταν έχασε τη γυναίκα του και την κόρη του, έψαχνε μονάχα για νέα δικά τους, να τις θυμηθεί, να μάθει για τούτο το αεροπλάνο, που θέρισε τις ζωές τους.

Καθώς έσβηνε το τσιγάρο στο τασάκι, αφήνιασε, σαν άκουσε τη δημοσιογράφο: "*Μετά από δύο μήνες, το μυστήριο δυστύχημα στην πτήση για Λονδίνο διερευνήθηκε. Στη δημοσιότητα ήρθαν έγγραφα από τους αρμόδιους φορείς, που αποκαλύπτουν τις προειδοποιήσεις τους προς την εταιρεία τής πτήσης. 'Το αεροπλάνο δεν είναι καλά συντηρημένο, και πρόκειται να αποκαλύψει κενά στη λειτουργία του, σύντομα'. Κύμα αντιδράσεων έχει ξεσηκωθεί από το κοινό*"...

# Κεφάλαιο IV

"Είναι αηδιαστικό τι αποτρόπαια πράγματα είναι ο άνθρωπος διατεθειμένος να κάνει για το χρήμα", μονολόγησε ο Βενέδικτος.

Δεν είχε ακόμη ξεπεράσει τον χαμό τής οικογένειάς του, και τώρα μάθαινε πως οι ζωές τους είχαν θυσιαστεί, προκειμένου αυτός που έχει την εταιρεία να μην πληρώσει την επισκευή.

Και τώρα, χρειαζόταν δικαιοσύνη. Έπρεπε αυτό το κάθαρμα να σαπίσει στη φυλακή, και να πάρει εκδίκηση για τις αδικοχαμένες αγαπημένες του.

Αλλά τι μπορούσε να κάνει; Να διαδηλώσει μαζί με αυτούς τούς νέους ακτιβιστές, που δεν ήξεραν τι τους γίνεται;

Αυτοί που διαδηλώνουν για το τρομερό αυτό έγκλημα, δεν είναι και οι ίδιοι που διαδηλώνουν για την κλιματική αλλαγή -το γελοίο αυτό παραμύθι- και τα δικαιώματα των γυναικών και της ΛΟΑΤΚΙ+ κοινότητας;

Αυτά σκεφτόταν, και αποστρεφόταν όλο και περισσότερο από την ιδέα τού να βγει στους δρόμους φωνάζοντας. Δεν έφταιγε η εταιρεία η αεροπορική, όχι... Έφταιγε η κοινωνία, που δέχεται όλες αυτές τι επιδράσεις.

Οι παράλογες σκέψεις τού Βενέδικτου κατέκλυαν το μυαλό του: *Αν δεν προσπαθούσαμε να "εξελιχθούμε", τώρα θα ήμαστε ήρεμοι όπως παλιά! Αυτές οι καινούργιες μόδες μάς καταστρέφουν! Και αυτοί που έχουν την πραγματική εξουσία, αυτή των χρημάτων, δεν κάνουν τίποτε!*

Και άλλα πολλά τού περνούσαν από τον νου. Έφταιγε, μήπως, το σοκ που είχε υποστεί από τα νέα; Ή μήπως αυτή η ιδεολογία είχε ριζώσει μέσα του;

"Πώς κατήντησα"... Σκέφτηκε. "Έτσι θα ήθελε να με βλέπει; Θα ήταν περήφανη για εμένα η γυναίκα μου; Θα θαύμαζε τον μπαμπά της η κόρη μου";
Βασανιζόταν.
"Να δουλεύω σα δούλος για κάποιον άλλον... Τι φρίκη... Εγώ, που ήμουν διευθυντής"...

Ένιωθε την ανάγκη να ανακτήσει όλα όσα είχε χάσει: να γίνει ένας μεγάλος επιχειρηματίας, να ικανοποιήσει τον εγωισμό του, και να πάρει στα χέρια του την εξουσία, να βαλθεί να αλλάξει τον κόσμο προς το -δικό του- καλύτερο.

Από εκείνη την ημέρα, οι σκέψεις στο μυαλό του ήταν οι ίδιες συνέχεια: περπατούσε στους δρόμους, και σκεφτόταν τι επιχείρηση να ανοίξει, και τι να κάνει.

Ώσπου μία ημέρα, διάλεξε να πάρει έναν διαφορετικό δρόμο. Έστριψε μερικά στενά πιο πίσω αυτή τη φορά, και βγήκε στην εταιρεία που δούλευε...
"Πωλείται η εταιρεία 'Η Νέμεσις'"! Έτσι έλεγε η ταμπέλα που είχαν καρφώσει στο χώμα.

Το πρόσωπο του Βενέδικτου έλαμψε: Ύστερα από την κρίση, η εταιρεία του άρχισε να απολύει -με τη βοήθειά του- όλους τους "άχρηστους" υπαλλήλους. Όταν όμως έδιωξαν και τον ίδιον, τα οικονομικά της κατέρρευσαν.

Η εταιρεία πωλούνταν σε γελοία τιμή. Με λίγη έρευνα, ο Βενέδικτος έμαθε τι ακριβώς είχε γίνει: μία αντίπαλη εταιρεία είχε στείλει αντιπροσώπους, οι οποίοι σαν δήθεν ξένοι, εξωτερικοί παρατηρητές, θα βοηθούσαν τη *Νέμεσις*.

Όμως, ύστερα από τη συμβουλή να απολυθεί ο διευθυντής κος Βρέλης, η *Νέμεσις* κατέρρευσε, και η αντίπαλη εταιρεία είχε σκοπό να την εξαγοράσει.

Όμως η οικονομική κρίση έπληξε και εκείνη, η οποία, ναι μεν στάθηκε στα πόδια της, μα έκανε σημαντικές περικοπές, και αδυνατούσε, πλέον, να αγοράσει την αντίπαλη επιχείρηση.

Από τότε, η τιμή όλο και έπεφτε. Και τώρα, δινόταν σχεδόν δωρεάν. Με τα χρήματα έκτακτης ανάγκης που του είχαν μείνει, ο Βενέδικτος μπορούσε να αγοράσει την εταιρεία, και να κάνει ό,τι μπορεί, ώστε να την επαναφέρει στη ζωή. Με λίγη τύχη, ίσως και να τα κατάφερνε...

Ύστερα από έναν χρόνο, η εταιρεία που πλέον είχε το όνομα *Βρέλης*, έδινε στον Βενέδικτο κέρδη τριπλάσια από τον μισθό του, κι έτσι παραιτήθηκε από τη δουλειά του.

Σε άλλα τρία χρόνια, το πρόσωπό του ήταν παντού: *Ο κύριος Βενέδικτος Βρέλης, ιδιοκτήτης τής διασημότερης ασφαλιστικής εταιρείας σε όλη την Ελλάδα, πρόκειται να μιλήσει δημοσίως για τη θέση του σε κοινωνικά ζητήματα αύριο στις 17:00...*

# Κεφάλαιο V

*"Ύστερα από τις προκλητικές δηλώσεις για 'τάξη', όπως λέει και ο ίδιος, ο κος Βρέλης αντιμετωπίζει αντιδράσεις από ακτιβιστές και προοδευτικούς".*
Ο Βενέδικτος έκλεισε απότομα την τηλεόραση.
"Ηλίθιοι"! Φώναξε.

Δεν καταλάβαιναν το σχέδιό του: ήταν ξεκάθαρο πως η κοινωνία ήθελε μία πίεση. Έπρεπε επειγόντως να κατανοήσουν ορισμένοι, ότι η ανδροκρατούμενη κοινωνία είναι αυτή που πήγε μπροστά τον κόσμο.

Αυτό έλεγε στον εαυτό του: όλες οι μορφές προόδου, δεν έγιναν όταν η κοινωνία θεωρούνταν "ανδροκρατούμενη" και "πατριαρχική"; Αυτά, βέβαια, τα έλεγε, αγνοώντας πλήρως το γεγονός ότι οι ανακαλύψεις συνεχίζονται και σήμερα.

"Είναι τυχαίο, άραγε", έλεγε "το ότι η δουλεία κηρύχθηκε παράνομη το 1948, ενώ ο διαφωτισμός έγινε δύο αιώνες πριν"; Αυτό το σκεπτικό, ήταν που τον ωθούσε σε όλες τις μορφές συντηρητισμού.

"Η ΛΟΑΤΚΙ+ κοινότητα είναι εργαλείο τής Αμερικής να μας ελέγχει, οι γυναίκες δεν πρέπει καν να ψηφίζουν, μόνο οι Χριστιανοί λευκοί άνδρες πρέπει να έχουν δικαιώματα". Οι απόψεις του ήταν παρόμοιες με των Ελλήνων δικτατόρων.

"Και τί με αυτό"; Σκεφτόταν. "Τα μεγαλύτερα έργα δεν έγιναν στη χούντα; Κάτι θα ήξερε ο Παπαδόπουλος και ο Μεταξάς. Ο Μεταξάς έσωσε την Ελλάδα από τους Ιταλούς τού φασίστες. Δεν ήξερε"; Όποιος τον άκουγε να μιλάει, έπαιρνε την εντύπωση ότι ήταν πλέον αργά.

2019.

Ο Βενέδικτος έχει γίνει ένας γνωστός εκατομμυριούχος παγκόσμια. Αν και ένα ποσοστό των ανθρώπων αρνούνται να ασφαλιστούν στη δική του επιχείρηση λόγω των απόψεών του, πολλοί Έλληνες τον υποστηρίζουν.

Σε συνδυασμό με τις μετοχές του από τις διάφορες Αμερικανικές, Ρώσικες, Κινέζικες και Ελβετικές εταιρείες, ο Βενέδικτος έχει γίνει σημαντική μορφή.

Καθόταν στο γραφείο του σοβαρός, υπογράφοντας κάτι χαρτιά.
"Δύο κύριοι θέλουν λίγο από τον χρόνο σας, λένε"... Τον ενημέρωσε η γραμματέας του.

"Χωρίς ραντεβού; Ποιοι νομίζουν ότι είναι; Έχω περιέργεια... Να περάσουν". Είπε βαριά.

Σε λίγη ώρα, μπροστά του κάθονταν δύο όμορφα ντυμένοι άνδρες.

"Είμαστε εκπρόσωποι του οργανισμού *Ελπίς*, που βοηθάει παιδιά σε όλον τον κόσμο"... Είπε ο πρώτος.

"Και εγώ ιδιοκτήτης τής *Νέμεσις*". Ειρωνεύτηκε ο Βενέδικτος.

"Ναι, αυτό το γνωρίζουμε, βεβαιότατα"... Τραύλισε ο δεύτερος.

"Αναρωτιόμασταν αν θα θέλατε να γίνετε ένας... Ε... Πώς να το πω"...

"Νομίζω ψάχνετε για τη λέξη 'κορόιδο'"!

"Όχι, όχι! Αντιθέτως"! Είπε ο δεύτερος. "Θα θέλαμε να σας ρωτήσουμε, δηλαδή εάν το θέλετε, κιόλας"...

"Να χρηματοδοτήσετε την αποστολή εθελοντών στο Ιράκ". Συμπλήρωσε ο δεύτερος.

Έμεινε λίγο να τους κοιτάει, μέχρι που άρχισε να γελάει. Από αμηχανία, άρχισαν να γελάνε και οι άλλοι δύο άνδρες. Μετά από λίγο, σχεδόν δακρυσμένος, είπε:
"Έχει μήπως και καμία θέση να έρθω κι εγώ"; Και συνέχισε να γελάει.
Ο ένας από τους δύο άνδρες σοβάρεψε. Ο άλλος, τότε, όλο σιγουριά, απάντησε:
"Μα, και βέβαια, εάν το θέλετε, θα είναι τιμή —"
Τον διέκοψε όμως το πόδι τού άλλου, που τον κλώτσησε στο καλάμι.

Ο Βενέδικτος σοβάρεψε απότομα. Σε μερικά δευτερόλεπτα, η ασφάλεια είχε συνοδεύσει και τους δύο άνδρες μέχρι την έξοδο. Έφυγαν με άδεια, φυσικά, χέρια.

Συνέχισε με τις υπογραφές.
"Αφού οι εθελοντές αυτοί θέλουν τόσο πολύ να βοηθήσουν, τότε γιατί δεν πληρώνουν κιόλας; Ακούς εκεί; Εγώ αυτά

τα χρήματα να κέρδισα με αίμα και ιδρώτα"...
Όμως είχε συνειδητοποίησε κάτι, και, όσο περνούσε ο καιρός, επιβεβαιωνόταν. Ίσως να ήταν τα αρνητικά σχόλια του κόσμου, ίσως ότι συνέχεια ήθελαν να του μιλάνε δημοσιογράφοι, αλλά δεν απολάμβανε ό,τι είχε.

Αξιοποιούσε τα φώτα τής δημοσιότητας για να μιλήσει στο κοινό, μα -και πιθανότατα έφταιγε η μηδενική απήχηση- δεν του άρεσε ούτε η δόξα, ούτε το χρήμα.

Και όμως, αυτή η ιδέα φάνταζε εξωφρενική: είχε καταφέρει τόσα πολλά, είχε επιτέλους τη δυνατότητα να επηρεάσει την κοινή γνώμη! Και, ακόμη και τώρα που δεν του "άρεσαν" τα χρήματα, αρνούνταν να τα χρησιμοποιήσει για καλό σκοπό.

Ήταν μίζερος και τσιγκούνης, ακόμη και αν δεν είχε ιδέα τί να κάνει την περιουσία του. Χωρίς τη γυναίκα του και την κόρη του, τίποτα δεν είχε σημασία. Όλα τα παιχνίδια που μπορούσε να έχει δώσει στην Αριάδνη: οι κούκλες, τα αρκουδάκια...

Όλα τα φορέματα, και όλα τα σετ ζωγραφικής που της άρεσαν. Όλα αυτά, δεν είχαν νόημα πια. Ήταν απλά ασπρόμαυρες, άχρωμες και επώδυνες σκιές τού παρελθόντος.

Αυτά τα διαμαντένια κοσμήματα και τα χρυσά σκουλαρίκια και μπρασελέ που έβλεπε κάθε ημέρα στην ίδια βιτρίνα, δεν είχαν νόημα πια. Πάντα ήθελε η γυναίκα του, μα δεν είχαν ούτε ψωμί να πάρουν. Ή έτσι τής έλεγε, τέλος πάντων. Τώρα, ίσως και να μπορούσε να αγοράσει ολόκληρη την εταιρεία με τα κοσμήματα.

Όλα ήταν άδεια. Και το είχε διαπιστώσει καιρό τώρα. Όμως δεν μπορούσε να σταματήσει ό,τι άρχισε...

Θα έφτανε μέχρι τέλους, και θα άλλαζε τον κόσμο... Μία και καλή...

# Κεφάλαιο VI

Το νερό είχε ζεσταθεί αρκετά, όταν ο Βενέδικτος έγειρε την τσαγιέρα και το άφησε να χυθεί στην πορσελάνινη κούπα. Ύστερα, βύθισε και το φακελάκι με το τσάι, πήρε το κατάλληλο κουτάλι, και αναπαύθηκε στην πολυθρόνα του.

Ήταν μια κρύα ημέρα τού Φεβρουαρίου τού 2020. Όπως και κάθε άλλη ημέρα, ο Βενέδικτος άνοιξε την τηλεόραση, και γύρισε τα κανάλια ώσπου βρήκε ένα με ειδήσεις.

Ακόμη ο κόσμος δεν είχε ηρεμήσει από τις βαθύτατες πληγές των επιθέσεων της μισαλλοδοξίας. Οι θρησκευτικοί άρχοντες έκαναν ό,τι μπορούσαν για να το καλύψουν:

*"Τα γεγονότα τής πρώτης Φεβρουαρίου έχουν συγκλονίσει την υφήλιο. Μία ομάδα Μουσουλμάνων σκότωσε εξήντα δύο αθώους στα ανατολικά τού Κονγκό"*.

Ο Βενέδικτος δεν ένιωσε διόλου οίκτο.
"Οι σιχαμένοι οι Μουσουλμάνοι"! Φώναξε αηδιασμένος, αγνοώντας το γεγονός ότι οι Χριστιανοί έχει κάνει τέτοια και χειρότερα.
"Προσεύχονται όλη μέρα σε αυτόν τον *Αλλάχ*, τον θεό τής καταστροφής... Τι οπισθοδρομισμός, Θεέ μου"! Τι τραγική ειρωνεία...

Σε μερικά λεπτά, το δελτίο ειδήσεων τελείωσε, και ξεκίνησε μια ελληνική κωμωδία, από αυτές τής λεγόμενης *Χρυσής Εποχής τού Ελληνικού Κινηματογράφου.*
"Άντε, να σκάσει λίγο το χειλάκι μας"!

Ύστερα από περίπου μισή ώρα προβολής, η εικόνα πάγωσε, και έγινε μια γρήγορη εναλλαγή χρωμάτων.
"*Διακόπτουμε την κανονική ροή τού προγράμματός μας*"...
Ο Βενέδικτος φάνηκε να δυσανασχετεί.
"Τι έγινε πάλι; Θα μας πείτε και για καμία άλλη επίθεση";

"*Ο ιός SARS-CoV-2, που προκαλεί την ίωση Covid-19, και του οποίου τα κρούσματα έχουν εντοπιστεί σε παγκόσμιο επίπεδο, φαίνεται να έφτασε και στην Ελλάδα*".
Ο Βενέδικτος αφήνιασε.
"Πόσο μακριά θα φτάσει αυτή η παράνοια; Ποιος βλάκας πιστεύει πραγματικά ότι από μια νυχτερίδα ήρθε πανδημία; Και να δεις που θα βγάλουν τα εμβόλια, και θα μας κοστίσει ο κούκος αηδόνι! Μωρέ, δε μας παρατάτε, λέω εγώ";

Για τα επόμενα δεκαπέντε λεπτά, μίλησαν ειδικοί επιστήμονες, και ακούστηκαν αγχωτικές προγνώσεις: "*Θα γίνει πανδημία, θα υπάρξουν μεταλλάξεις, θα πεθάνει κόσμος, θα κλειστούμε σε καραντίνα, θα αποξενωθούμε, ο κόσμος θα αλλάξει παντοτινά*"...
"Ναι, και θα τον κάνετε όπως τον θέλετε! Άντε στον διάολο"!

Ο Βενέδικτος φαινόταν να μην εκτιμάει τους επιστήμονες. Ίσως το λύκειο που έβγαλε να τον έχει εφοδιάσει με γνώση για όλα τα θέματα στο σύμπαν.

Είχαν ήδη πεθάνει δεκάδες χιλιάδες άτομα. Όλα ήταν ένα ψέμα, μάλλον.
"Λένε ότι επηρεάζει ευπαθείς ομάδες και ηλικιωμένους. Ούτε ένα καλό ψέμα δεν ξέρουν να φτιάξουν! Ακούς εκεί; Και εμένα τί με νοιάζει; Να κλειστεί ο γέρος σπίτι του"! Αυτά έλεγε, αγνοώντας το γεγονός ότι

ο "γέρος" δεν μπορεί να προστατευθεί εάν όλοι γύρω του φέρουν τον ιό.

"Είμαι τυχερός που είμαι και άνθρωπος του Θεού. Ξέρω πως έχω δίκιο, διότι συμφωνεί μαζί μου και η εκκλησία". Όντως, η Χριστιανική Εκκλησία συμφωνούσε μαζί του. Το εμβόλιο είναι του Σατανά, και το να κοινωνήσεις δεν είναι επικίνδυνο. Βέβαια, ο Βενέδικτος δεν πήγαινε εκκλησία, οπότε δεν έμαθε ποτέ από πρώτο χέρι πόσο λανθασμένο είναι αυτό. Αν και δε θα έλεγε πως κόλλησε επειδή ήπιε από ένα κουτάλι που ήπιαν άλλοι χίλιοι άνθρωποι.

Μάρτιος 2020. Οι δηλώσεις τού Βενέδικτου επί τού θέματος είναι εξοργιστικές. Το πρόσωπό του κάνει τον γύρο των Μέσων Μαζικής Ενημέρωσης, με ανθρώπους μάλιστα να τον χαρακτηρίζουν "Όλα τα αισχρά σε ένα".

"Τελικά ο Αϊνστάιν είχε δίκιο... Ό,τι και να κάνεις, πάντα ο κόσμος θα βρίσκει κάτι κακό να πει για εσένα"! Βέβαια... Γιατί η προσφορά του στο ευρύ κοινό αξίζει αναγνώριση!

Σε αντίθεση με τον Βενέδικτο, οι περισσότερες χώρες τού κόσμου έπαιρναν στα σοβαρά τη νέα αυτή απειλή προς το ανθρώπινο είδος. Μάλιστα, την άνοιξη του 2020, μεταξύ άλλων, η Ελλάδα και η Ινδία, κήρυξαν καραντίνα.
*"Έξοδα ύψους είκοσι τεσσάρων δισεκατομμυρίων ευρώ ανακοίνωσε η κυβέρνηση, στην προσπάθειά της να βάλει σε εφαρμογή μέτρα κατά του ιού"*.

Πώς θα μπορούσε να το ερμηνεύσει αυτό ο Βενέδικτος; Γιατί να επινοήσει η κυβέρνηση αυτό το "παραμύθι", αφού της κόστισε τόσα χρήματα;

"Α, τώρα έχει χρήματα, ε; Όταν όμως τα θέλουμε για δημόσια έργα, κάνει την πάπια"!
Η ευρηματικότητα αυτού τού ανθρώπου είναι αξιοθαύμαστη.

Είναι περιττό να πω πως ο Βενέδικτος, ύστερα από την έναρξη της καραντίνας, δεν άλλαξε τίποτα στον τρόπο ζωής του. Πλήρωσε πρόστιμο αρκετές φορές, μα δεν τον ένοιαζε διόλου. Έκανε την "επανάστασή του"... Ή έτσι νόμιζε.

Τα πράγματα εξελίχθηκαν γρήγορα. Μέσα στο καλοκαίρι, ανακοινώθηκε πως το εμβόλιο θα ήταν σύντομα προσβάσιμο στο ευρύ κοινό, κάτι που -φυσικά- δυσανασχέτησε τον Βενέδικτο.
"Εγώ το είχα πει! Ποιος ξέρει τι ουσίες μάς βάζουν εκεί μέσα! Όταν θα έχουν όλοι μολυσμένο αίμα και εμείς οι ξύπνιοι θα είμαστε καθαροί, θα γελάμε"!

Αυτή του η παράνοια συνεχίστηκε για πολύ καιρό ακόμη. Τον Αύγουστο του 2020, ένας μικροβιολόγος έκανε μια απόπειρα να εξηγήσει τον τρόπο λειτουργίας τού εμβολίου στους αντιεμβολιαστές.
"Το ακούτε αυτό"; Πετάχτηκε ο Βενέδικτος από την πολυθρόνα, μιλώντας μόνος του. "Παραδέχεται ότι έχει τον ιό μέσα στο εμβόλιο"! Αυτό που κάποτε υποτίθεται ότι ήταν ψέμα, τώρα είναι επικίνδυνο, ε;

Αγνοώντας, και πάλι, το ότι η συντριπτική πλειοψηφία των εμβολίων λειτουργούν έτσι. Μια αδύναμη μορφή τού ιού εισέρχεται στον οργανισμό, ώστε να δημιουργηθούν αντισώματα.
"Πραγματικά ανησυχώ με τους ανθρώπους που εμπιστεύονται 'επιστήμονες', που έχουν σαν κίνητρο το χρήμα"!

Η καραντίνα επρόκειτο να διαρκέσει για πολλούς μήνες ακόμη. Τα μέτρα έρχονταν το ένα μετά το άλλο: Υποχρεωτική η χρήση μάσκας, χρήση αντισηπτικού επιβάλλεται, προσοχή στον συνωστισμό, απαγορεύονται οι χοροί και τα τραγούδια. Απαγορεύονταν οι έξοδοι, υπήρχαν ώρες απαγόρευσης τής κυκλοφορίας.

Βαθιά μέσα του, ο Βενέδικτος ήξερε πολύ καλά ότι ο κορονοϊός ήταν αληθινός, μα η πίστη του στην κυβέρνηση ήταν οριακά ανύπαρκτη. Δεν υπήρχε περίπτωση ούτε να εμβολιαστεί, ούτε να βάλει μάσκα, ούτε να στείλει μήνυμα αν θέλει να βγει έξω, ούτε να βάλει αντισηπτικό, ούτε να αποφεύγει τούς κλειστούς χώρους.

Τον Σεπτέμβριο του 2020, ανακοινώθηκε η πρώτη μετάλλαξη του ιού, ο οποίος έκανε ό,τι μπορούσε ώστε να επιβιώσει, βασιζόμενος επάνω σε ανθρώπους σαν τον Βενέδικτο. Ανθρώπους που χτίζουν την αλυσίδα η οποία κρατάει την ανθρωπότητα πίσω. Πάνω σε αυτούς βασίζεται...

Ήταν πλέον γεγονός: ο ιός κατέστρεφε το ανθρώπινο είδος. Περνούσε στους οργανισμούς τους με όλα τα μέσα, και είχε στοιχίσει τη ζωή εκατομμυρίων.

Και ύστερα απ' όλα αυτά, ο Βενέδικτος γελούσε.

# Κεφάλαιο VII

24 Φεβρουαρίου 2022. Η Ρωσία εισβάλλει στην Ουκρανία, με την πρόφαση την είσοδό της στο ΝΑΤΟ, η οποία εν τέλει δεν έγινε.
"Διάλυσέ τους, Βλαδίμηρε. Αλλά, τί να πεις; Ξέραμε ότι ήταν μεγάλος ηγέτης, και θα το έκανε αυτό. Άμα πάει η Ουκρανία να βάλει πυρηνικά, λογικό δεν είναι να εισβάλει η Ρωσία; Φαντάσου να βάλει το Μεξικό! Την επόμενη ημέρα θα μπει η Αμερική"!

Ακτιβιστές και υποστηρικτές των ανθρωπίνων δικαιωμάτων, κάνουν διαδηλώσεις κατά τής Ρωσίας.
"Και βέβαια μερικοί θα το έκαναν αυτό! Αλλά ξέρει τι κάνει ο Πούτιν. Θέλει να ξαναπάρει τις χώρες που κάποτε είχε η Ρωσία. Ας τις πάρει! Και το πολύ-πολύ να πάμε σε Τρίτο Παγκόσμιο. Ο Δεύτερος

κάτι έκανε. Κανείς δε θέλει να το παραδεχτεί, αλλά καθάρισε την Ευρώπη ο Αδόλφος Χίτλερ. Άσε που τον ψηφίσανε κιόλας. Τα ήθελαν, εάν το μετάνιωσαν, τόσο"!

Υπήρχε κάποια εγκληματική ιδεολογία που αυτός ο άνθρωπος δεν είχε υιοθετήσει;

Καλοκαίρι 2022. Μετά από δύο χρόνια απαγορεύσεων και μέτρων ασφαλείας, η Ελλάδα αφαιρεί μέχρι και τον τελευταίο περιορισμό, που είναι η χρήση μάσκας.

Ο Βενέδικτος, που υπήρξε φορέας τού ιού δύο φορές, δεν πιστεύει πως είναι χειρότερος από μία απλή γρίπη.

"Είδαν το μεγάλο φιάσκο τής επιχείρησής τους, και τελικά τα αφαίρεσαν όλα, ε";

Πώς; *Μεγάλο Φιάσκο*; Εάν η επιχείρηση, ήταν η δημιουργία ενός θανατηφόρου ιού, δεν πήγε άσχημα: πάνω από επτά εκατομμύρια ψυχές χάθηκαν, λόγω αυτού τού ιού.

Ο Βενέδικτος, χαρακτηρίζοντας τις ανθρώπινες ζωές σαν "ασήμαντες απώλειες", στήριξε την άποψη ότι ο Κορωνοϊός είναι ακίνδυνος, σε ζωντανή μετάδοση, με τα ακόλουθα επιχειρήματα: "*Οφείλω να ομολογήσω πως ο ιός υφίσταται, εν τέλει. Αυτό όμως δεν αποκλείει το -εξαιρετικά πιθανό θα έλεγα- σενάριο, ο ιός να δημιουργήθηκε από τις κυβερνήσεις ή τις φαρμακευτικές εταιρίες, προκειμένου να πουλήσουν τα εμβόλιά τους. Εάν συγκρίνουμε τους θανάτους αυτού του φαινομενικά 'θανατηφόρου' ιού, με άλλους στην ιστορία τής ανθρωπότητας, θα εκπλαγούμε*".

Η ομιλία του είχε προσελκύσει πολύ κόσμο. Κάτω από την εξέδρα, πολλοί ακτιβιστές φώναζαν, με την ασφάλεια του Βενέδικτου να τους απομακρύνει βίαια.
"*Δεύτερος παγκόσμιος πόλεμος: γύρω στους ογδόντα εκατομμύρια νεκρούς. Λίγοι, αν θέλετε την άποψή μου, μα και πάλι πολύ περισσότεροι από αυτούς τού Κορονοϊού*".

Καθώς ήπιε μια γουλιά νερό, άκουσε μια κραυγή από το πλήθος.
"Λίγοι θάνατοι"; Μία γυναίκα που είχε υψώσει τη σημαία τής ΛΟΑΤΚΙ+ κοινότητας, είχε αρχίσει να διαμαρτύρεται. Η ασφάλεια έσπευσε να τη σταματήσει.
"Αφήστε τη να μιλήσει"... Είπε ο Βενέδικτος αργά.
"Υποστηρίζεις και τον Χίτλερ; Εκτός από ρατσιστής, σεξιστής, ομοφοβικός και εθνικιστής, είσαι και Ναζιστής";

“Δεν κατάλαβα”! Φώναξε ο Βενέδικτος. “Σε ελεύθερη κοινωνία δε ζούμε”;
“Δεν είναι ελεύθερη με ανθρώπους σαν και εσένα”!
“Φτάνει, πια! Να πας εσύ και όλοι όσοι εκπροσωπείς, να πνιγείτε! Χαίρομαι, διότι ξέρω ότι ο Θεός θα σας τιμωρήσει πολύ χειρότερα από αυτά που θέλω εγώ να σας κάνω”!

Καθάρισε τον λαιμό του.
“*Πανδημία ‘Ο Μαύρος Θάνατος’, ή αλλιώς ‘Πανούκλα’: Κάπου από πενήντα μέχρι διακόσιες εκατομμύρια θάνατοι, σχεδόν το 40% τού πληθυσμού τής Ευρώπης*”...
Στις επόμενες ημέρες, επικρατούσε σάλος. Είχε γίνει ξανά, μα αυτήν την φορά, ο Βενέδικτος κατηγορούνταν για εγκληματικές απόψεις.

Κάθε φορά που έβγαινε από το σπίτι του, πλήθος δημοσιογράφων θα του ζητούσαν μία συνέντευξη, ή θα τον ρωτούσαν περισσότερες λεπτομέρειες για τις δημόσιες ομιλίες του.

Τον Νοέμβριο του 2022, ο Βενέδικτος έβγαινε εξαιρετικά σπάνια από το σπίτι του, και παρατηρούσε πως το όνομά του είχε αρχίσει να ξεχνιέται. Αυτό όμως, δε διήρκησε πολύ...

Ένα τρένο που διήσχιζε τα ανατολικά τής Πάτρας, συγκρούστηκε με την ανοιχτή πόρτα ενός αυτοκινήτου. Ο μοχλός που ήλεγχε την πορεία των γραμμών, είχε μετατοπιστεί σε λάθος χρονική στιγμή, και ακολούθησε η τραγική σύγκρουση.

Περισσότερα από εκατόν δέκα άτομα χάθηκαν στις φλόγες εκείνη την ημέρα. Κανένας επιβάτης δεν επέζησε.
*“Ο οδηγός τού τρένου Εμμανουήλ Βρέλης, είναι ένας από τους είκοσι δύο*

*αγνοούμενους. Η τελευταίες του λέξεις, οι οποίες εστάλησαν στο κέντρο ελέγχου από τον ίδιο, είναι σοκαριστικές. Καθώς το τρένο προσέγγιζε το αυτοκίνητο, και ο κύριος Εμμανουήλ Βρέλης έκανε ό,τι μπορούσε ώστε να το κάνει να σταματήσει, ειδοποίησε το κέντρο ελέγχου, λέγοντας τα ακόλουθα: Πρόκειται να συγκρουστούμε! Πείτε σε όλους ότι τους αγαπάω".*

Ο Βενέδικτος πάγωσε, καθώς ανακοινώθηκε το όνομα του οδηγού.
*Εμμανουήλ Βρέλης.*
"Αδελφέ";... Τραύλισε.

Κάθε χτύπημα δεν είναι παρά μια ρωγμή στο προσωπείο τού Βενέδικτου. Δεν έχει καταρρεύσει ακόμη, μα το μόνο που του μένει, είναι το προσωπείο αυτό...

*"Οι τελευταίες αυτές, συγκινητικές λέξεις, έχουν χρησιμοποιηθεί σα σύνθημα από το κοινό"*.

Δεν ήξερε ποιον να κατηγορήσει. Το κράτος; Τον Θεό; Τον εαυτό του; Την τύχη; Το κάρμα; Το σύμπαν; Είχε αρχίσει να αμφιβάλλει για τα πάντα: Γιατί να επιτρέψει ο Θεός κάτι τέτοιο; Είναι όντως το φταίξιμο του κράτους;

Οι άνθρωποι που θέλουν δικαιοσύνη πάντοτε ξεσπούν σε διαδηλώσεις. Έτσι και αυτή τη φορά, πλήθη μαζεύτηκαν έξω από τη Βουλή, απαιτώντας δικαιοσύνη για όλες τις εκατόν δέκα -και παραπάνω- αδικοχαμένες ψυχές.

Δεν ήξερε αν υποστήριζε, έστω και για πρώτη φορά, αυτό που ονόμαζε "αναρχικό". Ίσως, τελικά αυτά τα νέα παιδιά που ξεχύθηκαν στους δρόμους, να είχαν δίκιο.

Σαν αστραπή πέρασε αυτή η ιδέα από το μυαλό του, σαν κοιτούσε με βλέμμα κενό. Δεν ήξερε τι να κάνει. Πόσο άλλο μπορούσε ένας άνθρωπος να καταρρεύσει συναισθηματικά;

Οι επικαιρότητα προχώρησε.
"*Πολλοί κατηγορούν τον πρωθυπουργό τής Ρωσίας Βλαντιμίρ Πούτιν για απαίσιες πράξεις καταπάτησης των ανθρωπίνων δικαιωμάτων. Ο βασανισμός των Ουκρανών κρατουμένων και των αντιστασιακών που λέγεται πως διεξάγεται, έχει συγκινήσει την παγκόσμια κοινή γνώμη. Διαδηλωτές έχουν ξεσηκωθεί σε πάνω από σαράντα χώρες μέχρι στιγμής*".

Και ίσως, ποιος ξέρει, ίσως, αυτοί οι διαδηλωτές να μην είχαν άδικο.

Ίσως τα ανθρώπινα δικαιώματα, τελικά, να μη δημιουργήθηκαν άλογα μετά το τέλος τού Β' Παγκοσμίου πολέμου.

Ίσως...

"Αχ, όχι, βλακείες"! Πετάχτηκε. "Η κυβέρνηση είναι άχρηστη, μια δικτατορία μάς χρειάζεται! Ακούς εκεί ανθρώπινα δικαιώματα; Έτσι είναι οι μεγάλες δυνάμεις! Κάνουν ό,τι θέλουν"! Ίσως να τον παρηγορούσε η σκέψη ότι δεν "έχασε το ήθος του".

Μα ήξερε καλά μέσα του, πως είχε αρχίσει η αμφιταλάντευσή του...

# Κεφάλαιο VIII

Προσπάθησε να θάψει βαθιά μέσα του κάθε αμφιβολία, και να βασίζει τον ηθικό του κώδικα πάνω σε κούφια θεμέλια, που δε θα έπαιρνε πολύ να καταρρεύσουν. Θα το είχε κάνει ήδη, εάν δεν τον είχε κυριεύσει ο φονταμενταλισμός.

Αυτή η κατάσταση αλλοτρίωσης, συνέχισε για έναν ακόμη χρόνο. Τον Φεβρουάριο του 2023, ο εφιάλτης που πήρε τη ζωή τού εαυτού του, επαναλήφθηκε: ένα σιδηροδρομικό δυστύχημα στα Τέμπη, πήρε κάθε ελπίδα τού Βενέδικτου για την κυβέρνηση.

Τον Οκτώβριο του 2023, ο Βενέδικτος έζησε ακόμη έναν πόλεμο.
*"Η τρομοκρατική οργάνωση ονόματι 'Χαμάς', επιτέθηκε στο Ισραήλ πριν από*

*λίγες ώρες. Ο πρωθυπουργός τού Ισραήλ Μπενιαμίν Νετανιάχου, κηρύττει πόλεμο στη Γάζα. Το 'ζήτημα της Μέσης Ανατολής', όπως αποκαλείται η διαμάχη τής Παλαιστίνης και του Ισραήλ, χρονολογείται μέχρι και ως το 1920*".

Ο Βενέδικτος, βέβαια, δεν έδωσε χρόνο στη δημοσιογράφο, ούτε και στον ιστορικό που μίλησε ύστερα να εξηγήσουν την κατάσταση.

"Επίθεση από εγκληματική οργάνωση"! Αναφώνησε. "Τι πλεονέκτες που είναι αυτοί Παλαιστίνιοι"!

Από την τηλεόραση, ακουγόταν:

"*Ο ιστορικός Παπαθανασίου Αναστάσιος, βρίσκεται μαζί μας, ώστε να μας δώσει μία καλύτερη εικόνα τής μακρόχρονης αυτής διαμάχης*".

Ο Βενέδικτος αφήνιασε.

"Άσ' το, θα σου πω εγώ"! Φαίνεται πως ο Βενέδικτος ήξερε καλύτερα από όλες τις

ειδικότητες: Βιολόγους -διότι αυτοί υποστηρίζουν τα εμβόλια, Ιστορικούς -διότι αυτοί υποστηρίζουν την Παλαιστίνη, Φυσικούς -διότι αυτοί υποστηρίζουν την κλιματική αλλαγή, Κοινωνιολόγους -διότι αυτοί υποστηρίζουν την πρόοδο.
"Η γη ανήκε πάντοτε στους Ισραηλινούς"! Έτσι ξεκίνησε. "Και πήγανε εκεί οι Παλαιστίνιοι και κάθισαν, αλλά στον Α' Παγκόσμιο πήγανε οι Βρετανοί, ήρθανε οι Ισραηλίτες, και χωρίσανε τη γη. Δε φτάνει που τους έδωσαν και το 50%"!

Παράξενα αυτά που έλεγε, διότι ήταν διαμετρικά αντίθετα με αυτά που έλεγε ο ειδικός επιστήμων:
"*Οι Ισραηλίτες βρίσκονταν στην περιοχή αυτή περίπου δύο χιλιάδες χρόνια πριν. Οι Άραβες επίσης κατοίκησαν εκεί, μα τελευταίοι εγκαταστάθηκαν οι Παλαιστίνιοι. Με την άφιξη των Βρετανών κατά τον Α' Παγκόσμιο, η Παλαιστίνη και*

*το Ισραήλ βρίσκονταν υπό τη δική τους κατοχή. Όταν όμως οι Ισραηλίτες γύρισαν στα παλιά τους εδάφη, οι Βρετανοί αποχώρησαν, και άφησαν την κατάσταση στα Ηνωμένα Έθνη*".

"Αυτό σημαίνει", τον διέκοψε η δημοσιογράφος, "πως οι Ισραηλίτες είχαν δικαίωμα επάνω στη γη".

"*Όχι... Το θέμα δεν είναι σε ποιον ανήκει η γη, αλλά ποιες ήταν οι συνθήκες διαβίωσης, ύστερα από τη συμφωνία των δύο πλευρών, υπό την εποπτεία των Ηνωμένων Εθνών*".

"Ακούει τι λέει"; Πετάχτηκε μέσα στη δριμεία διαμαρτυρία του ο Βενέδικτος.

"Άμα η γη είναι δικιά τους, μπορούν να κάνουν ό,τι θέλουν"!

"*Για να σας δώσω να καταλάβετε ποιος έχει τη γη*", είπε ο κύριος Παπαθανασίου, "*τα Ηνωμένα Έθνη, ουσιαστικά, ανάγκασαν τις δύο πλευρές να βρουν μία, έστω και προσωρινή, μέση λύση, και χώρισαν τα εδάφη σε 50-50% —*"

Τον διέκοψε ξανά η δημοσιογράφος. "*Επομένως, ιστορικά μιλώντας, η Παλαιστίνη δεν έχει δικαίωμα να επιτίθεται στο Ισραήλ. Πόσο μάλλον με μια τρομοκρατική οργάνωση*"...

Για πρώτη φορά, ο Βενέδικτος συμφωνούσε με μία δημοσιογράφο. Αυτό όμως που δεν κατάλαβε, ήταν ότι δε συμφωνούσαν επειδή άλλαξε γνώμη εκείνος, αλλά επειδή η δημοσιογράφος δεν ήταν αντικειμενική.

"*Σας παρακαλώ πολύ, κυρία Ευθυμίου*"! Φώναξε ο κύριος Παπαθανασίου. "*Ποιος είναι ο λόγος να με έχετε στην εκπομπή σας, εάν δεν πρόκειται να με αφήσετε να ολοκληρώσω*";

“Δεν έχουμε τον χρόνο, κύριε Παπαθανασίου”...

“*Το ζήτημα αυτό, είναι φλέγον! Αφήστε με να τελειώσω, σας παρακαλώ, θα είμαι γρήγορος*”!

“Αμάν, άνθρωπέ μου”! Πετάχτηκε ο Βενέδικτος, φωνάζοντας στην οθόνη. “Σου λέει θέλει να πάει σε διαφημίσεις”!

“*Το Ισραήλ εκμεταλλεύτηκε την αδυναμία τής Παλαιστίνης, και μείωσε δραματικά το ποσοστό των εδαφών της. Λόγω των άθλιων συνθηκών διαβίωσης, η Παλαιστίνη απαίτησε ελευθερία και νερό -διότι υπάρχει λειψυδρία στο Ισραήλ και την Παλαιστίνη. Οι Ισραηλίτες αρνήθηκαν, λόγω των Αγίων Τόπων, και ακολούθησαν μάχες, στις οποίες ο στρατός τής Παλαιστίνης καταστράφηκε. Χωρίς στρατό, οι Παλαιστίνιοι κατέληξαν στριμωγμένοι στη λεγόμενη Λωρίδα τής*

*Γάζας' και τη Δυτική όχθη, και η οργάνωση 'Χαμάς' παλεύει για τα εδάφη"*.

"Μα δε γίνεται να υποστηρίζετε μία τρομοκρατική οργάνωση"...

*"Δεν υποστηρίζω τις μεθόδους τους, αλλά τρομοκρατική είναι η συμπεριφορά τού Ισραήλ"*.

Στην πραγματικότητα, κανένας από τους τρεις δεν ήταν αντικειμενικός, μα ο Βενέδικτος δεν υπήρχε περίπτωση να υποστηρίξει την Παλαιστίνη.

Και, βέβαια, δεν έλειψαν οι διαδηλώσεις, οι πορείες και οι συγκεντρώσεις. Δε χρειάζεται να πω ότι ο Βενέδικτος δεν υποστήριξε καμία από αυτές, ούτε ηθικά, ούτε και χρηματικά.

Όσο περνούσε ο καιρός, αν και κανείς θα περίμενε το αντίθετο, ο Βενέδικτος όλο και περισσότερο κολλούσε στις οπισθοδρομικές του ιδέες. Ήταν επειδή όλο και περισσότερο τις πίστευε; Ήταν επειδή απογοητευόταν όλο και περισσότερο από τον κόσμο; Ήταν για να μη νιώθει ότι "υποκύπτει" στις "ανορθολογικές" προόδους;

Βέβαια, του άρεσε να λέει στον εαυτό του ότι οι μόνοι οπισθοδρομικοί, ήταν οι Ισλαμιστές. Όλοι τους. Ναι μεν έλεγε ότι είναι φεμινιστής, και ότι οι γυναίκες δεν πρέπει να φοράνε μπούρκα, αλλά δεν πρέπει και να έχουν πολιτικό λόγο, πρέπει να κάνουν δουλειές στο σπίτι, και όλα αυτά.

Η αλήθεια ήταν πως αντιπαθούσε τις μπούρκες, λόγω τού ότι ήταν Μουσουλμανικό ένδυμα.

Παρόμοια, δε θεωρούσε ότι ήταν ρατσιστής, αρκεί να μην έχει καμία σχέση με άτομα από Αφρικανικές χώρες, από χώρες των Βαλκανίων (διότι πίστευε ότι η Ελλάδα είναι η εξαίρεση) και άλλες τόσες.

Ούτε και φανατικός εθνικιστής πίστευε ότι είναι, διότι είναι απλά κοινό μυστικό πως η Ελλάδα ήταν η καλύτερη χώρα ανέκαθεν: τα πάντα ήρθαν από αυτή, και οι άλλοι λαοί μάς τα έκλεψαν.

Η λίστα ήταν τεράστια. Και, βέβαια, δεν μπορούσαν από αυτή να λείπουν και άλλες ιδέες, σύγχρονες, όπως ο Ομοφοβισμός. Το είχε κάνει ξεκάθαρο πολλές φορές στο παρελθόν: δεν έχει κανένα απολύτως θέμα με τους ομοφυλόφιλους, αρκεί να μη βγαίνουν από το σπίτι τους.

Και, βέβαια, ήταν και βαθιά θρησκευόμενος άνθρωπος: Χριστιανός Ορθόδοξος, που αγαπάει τον συνάνθρωπο πιο πολύ από τον εαυτό του.

“Μέσα στη Βίβλο το λέει ξεκάθαρα: Όσοι δεν πιστεύουν σε Εμένα, θα τιμωρηθούν αναλόγως. Λέει και για τη θέση τής γυναίκας, και για των ομοφυλόφιλων”.

Εδώ είχε δίκιο. Είχε επαναπαυτεί στο ότι ένα αρχαίο βιβλίο, του έλεγε ότι κάνει καλά να πιστεύει προαιώνιες πεποιθήσεις τον εικοστό πρώτο αιώνα.

Θα προλάβεις να αλλάξεις ποτέ,
Βενέδικτε;

# Κεφάλαιο IX

2024. Ο κόσμος φαίνεται να βρίσκεται στα πρόθυρα της καταστροφής. Η ελπίδα, είναι πλέον εντελώς χαμένη. Ανύπαρκτη.

Ο Βενέδικτος δεν ξέρει τι να κάνει. Ο κόσμος, λέει, ελέγχεται από τις μεγάλες δυνάμεις. Οι Ηνωμένες Πολιτείες Αμερικής, βρίσκονται σε προεδρικές εκλογές. Όλος ο κόσμος, έχει την ίδια σκέψη: "Αυτό το χτύπημα θα είναι το τελειωτικό, πάει κάθε ίχνος ελπίδας, εάν δεν έχει το αποτέλεσμα που θέλουμε".

Μόνο που ο Βενέδικτος, εάν και έλεγε το παραπάνω, θα θεωρούσε τελειωτικό χτύπημα να βγουν οι Δημοκρατικοί. Και, αν και πολλοί περίμεναν και ήλπιζαν στον κόσμο οι Ρεπουμπλικανοί να μη βγουν, ο Βενέδικτος είχε άλλη άποψη.

"Πώς είναι δυνατόν", έλεγε, "εγώ, ένας θεοσεβούμενος άνθρωπος, να υποστηρίζω τούς Δημοκρατικούς; Αυτούς που είχαν λανσάρει καμπάνια υπέρ τής άμβλωσης"; Ήταν ειρωνικό το πώς δεν κατανοούσε ότι αυτές του οι προτάσεις ήταν προβληματικές.

Ύστερα από λίγες ημέρες, ο Βενέδικτος έλαβε πρόσκληση από μία τηλεοπτική εκπομπή, στην οποία διάσημοι άνθρωποι συζητούσαν με τον δημοσιογράφο για κοινωνικά και πολιτικά θέματα.
"Είναι τιμή μας που σας έχουμε, κύριε Βρέλη. Είστε πραγματικά επιτυχημένος στον τομέα σας".
"Ναι, σας ευχαριστώ. Να ξεκινήσουμε";
Ο δημοσιογράφος ταρακουνήθηκε.
"Ε... Ναι, βέβαια... Ε... Ας μιλήσουμε για τις εκλογές στην Αμερική, τι λέτε και εσείς";

“Πιστεύω πως έχω εκφράσει επανειλημμένως στο παρελθόν, ότι είμαι ένας άνθρωπος της εκκλησίας”.
Είχε καταφέρει κάτι εκπληκτικό: καμία ομάδα ανθρώπων, είτε πολιτική, είτε θρησκευτική, δεν τον αποδεχόταν.

Κανένας Χριστιανός δεν τον άκουγε να μιλάει και τον υποστήριζε.
“Βεβαιότατα... Και, λόγω αυτού,” απάντησε ο δημοσιογράφος, “υποθέτω ότι υπερασπίζεστε την πλευρά των Δημοκρατικών”; Ο δημοσιογράφος ήξερε πολύ καλά πως ο Βενέδικτος δεν τους υποστήριζε, όπως και κάθε “σωστός” Χριστιανός, όμως δεν έχασε την ελπίδα.
“Πώς σας πέρασε κάτι τέτοιο από τον νου”;
Όποιος ήλπισε, έχασε το χαμόγελό του.
“Πώς μπορώ να υπερασπίζομαι ένα κόμμα, που είναι υπέρ τής άμβλωσης”;
“Ενδιαφέρον... Πολλοί λένε πως, επειδή είμαστε στον εικοστό πρώτο αιώνα, θα

έπρεπε οι γυναίκες να αποφασίζουν μόνες τους για —"

Ο Βενέδικτος δεν άντεχε να τον ακούει να λέει και άλλα παρόμοια.
"Οι γυναίκες είναι ελεύθερες να κάνουν αυτό που θέλουν, αρκεί να μη διαπράττουν φόνο".
"Θεωρείτε ότι είναι φόνος η άμβλωση; Να λάβετε υπόψη σας πως γίνεται σε πρώιμο στάδιο, όταν δεν υπάρχει ακόμη ένας άνθρωπος, αλλά ένα έμβρυο"...
"Ο Θεός το έβαλε εκεί για κάποιον λόγο! Αλλιώς η γυναίκα να πρόσεχε"!
"Θα σας παρακαλέσω να δείχνετε σεβασμό, κύριε Βρέλη"...
"Σιωπή! Θα μου πεις εσύ εμένα, να δείχνω σεβασμό";

Με ένα νόημά του, ο δημοσιογράφος το έκανε ξεκάθαρο πως η σύνδεση έπρεπε

να κοπεί, και να υπάρξει ένα διαφημιστικό διάλειμμα.
"Σας ευχαριστούμε, μπορείτε να"...
"Θα φύγω μόνος μου, δε χρειάζεται να πεις κουβέντα παραπάνω"!

13 Ιουλίου 2024
"*Πριν από λίγες ώρες, ένας άνδρας ονόματι Τόμας Μάθιου Κρουκς, αποπειράθηκε να δολοφονήσει τον πρόεδρο του Ρεπουμπλικανού κόμματος Ντόναλντ Τραμπ. Έτυχε εκείνη τη στιγμή να στρίψει το κεφάλι του, και η σφαίρα τον πέτυχε στο αυτί. Στη συνέχεια, οι επόμενοι πυροβολισμοί πήραν τη ζωή τού δράστη*".
"Έτσι ακριβώς είναι, Μαρία", είπε μια άλλη δημοσιογράφος, "μπορείτε να δείτε στο αναπαραστατικό βίντεο που προβάλλεται αυτή τη στιγμή, ακριβώς πώς έγινε. Κυκλοφορούν φήμες, που λένε πως το όλο πράγμα ήταν σκηνοθετημένο".

Άλλη μία θεωρία συνομωσίας... Θα την ασπαστεί και αυτή;
"Αηδίες. Τελικά υπάρχουν όντως άνθρωποι που πιστεύουν παράλογα πράγματα"!
"*Τελικά θα συνωμοτήσουν για όλα, ε*";
Σχολίασε η πρώτη δημοσιογράφος.
"Το ίδιο έκαναν και με το ταξίδι στο φεγγάρι, και με την κλιματική αλλαγή"...
Γέλασε η δεύτερη.
"*Χα, χα... Ναι, ναι... Πάμε να δούμε τα βίντεο που κυκλοφορούν στην Αμερική, επί του θέματος*".

Σε λίγο, στην τηλεόραση έπαιζαν βίντεο που έλεγαν πράγματα του τύπου "Εγώ ξέρω ένα: οι πυροβολισμοί, δεν ακούγονται σαν ποπ κορν"! Ή "Ποιος θα θυσίαζε τον εαυτό του για αυτόν";

Μέχρι την πρώτη Ιουνίου τού 2025, ο Ντόναλντ Τραμπ -που ανέβηκε στην κυβέρνηση- έγινε από τους διασημότερους προέδρους στην ιστορία. Αν και είχε ξαναεκλεγεί στο παρελθόν, αυτή του η τετραετία έμελλε να είναι φαινομενική.

Από τις 20 Ιανουαρίου, την ημέρα, δηλαδή, που εκλέχθηκε, μέχρι τις 31 Μαΐου, ο πρόεδρος των Ηνωμένων Πολιτειών, είχε αλλάξει πολλά δεδομένα.

Δασμούς μέχρι και σε μη κατοικήσιμα νησιά, καμπάνια ενάντια στους ομοφυλόφιλους, έκφραση οπισθοδρομικών ιδεών, παράλογη λεκτική επίθεση στον πρόεδρο της Ουκρανίας.

Αλλαγή ονόματος του Κόλπου τού Μεξικού σε Κόλπο τής Αμερικής. Κατάργηση του υπουργείου παιδείας. Χρηματοδότηση ύψους 310 δισεκατομμυρίων δολαρίων στο Ισραήλ. Διαλογή αντιεμβολιαστή για υπουργό υγείας.

157 εκτελεστικά διατάγματα, σε λιγότερο από εκατόν σαράντα ημέρες.

Τα χρηματιστήρια πέφτουν δραματικά. Ακτιβιστές αρνούνται να αγοράσουν αμερικάνικα προϊόντα.

Από την πλευρά των άλλων χωρών, το Ισραήλ κατηγορείται για εγκλήματα πολέμου. Όλα αυτά που νομίζαμε ότι είχαμε αφήσει πίσω με το τέλος τού Δεύτερου Παγκοσμίου Πολέμου, φαίνονται να υπάρχουν και σήμερα.

Η Ουκρανία κάνει επίθεση με δρόνους σε Ρωσικά αεροσκάφη. Περισσότερα από σαράντα καταστρέφονται.

Από γεωλογικής άποψης, η κατάσταση δεν είναι καλή επίσης: ο άνθρωπος παραμελεί τη γη: ρύπανση τόσο υδάτων όσο και εδαφών. Εκείνη, με τη σειρά της, σα να παίρνει εκδίκηση: σεισμοί σαρώνουν πιο πολύ από οποιαδήποτε άλλη στιγμή σεισμογενείς περιοχές. Στην Ισπανία, συμβαίνει άλλου είδους φυσική καταστροφή: μια θανατηφόρα πλημμύρα.

Το καλοκαίρι φτάνει, και από την πρώτη εβδομάδα τού Ιουνίου, ανακοινώνονται καύσωνες: αδιάσειστα στοιχεία για την ύπαρξη του -πολύ αληθινού- κινδύνου τής κλιματικής αλλαγής. Ο Βενέδικτος, βέβαια, δε θεωρεί πως υπάρχει κάτι τέτοιο. "Άμα ήταν αληθινό, δε θα έκαναν κάτι οι κυβερνήσεις για αυτό; Η φύση κάνει κύκλους".

Φαίνεται να μη λαμβάνει υπόψιν του το γεγονός ότι στη δεκαετία τού 1980, όλες οι χώρες συμφώνησαν να σταματήσουν την παραγωγή και χρήση τού αερίου CFC, το οποίο επρόκειτο να καταστρέψει την οζονόσφαιρα.

Με άλλα λόγια, καταστροφή.

Και τώρα, οι αμφιβολίες που είχαν αδρανοποιηθεί μέσα του, ξύπνησαν. Πίστεψε σε αυτόν τον Αμερικάνο πρόεδρο, μα τώρα βλέπει πως καταστρέφει τον κόσμο.

Και, όσο και αν δεν ήθελε να παραδεχτεί πως αυτοί με τους οποίους πάντα διαφωνούσε είχαν δίκιο, έπρεπε να το κάνει: ο κόσμος, βρισκόταν στα πρόθυρα της καταστροφής.

Και ο καταστροφέας; Ο ίδιος ο άνθρωπος!

# Κεφάλαιο Χ

Ο Βενέδικτος έμεινε άφωνος από τη διαπίστωσή του. Μόλις είχαν κλονιστεί τα πιστεύω του. Σε πόσα άλλα να είχε κάνει λάθος, άραγε;

Άρπαξε το τηλεκοντρόλ, και έβαλε γρήγορα ένα άλλο κανάλι. Σε ένα ντοκιμαντέρ, ένας επιστήμονας μιλούσε για κάτι με το όνομα "Κλίμακα Καρντάσεβ". "*Ο Νικολάι Καρντάσεβ, χώρισε τους πολιτισμούς σε τρεις βαθμίδες προόδου των πολιτισμών, σε μία κλίμακα, που πήρε το όνομά του*".
"Παίζει ρόλο τι ονομάζεις 'πρόοδο'"!, είπε ο Βενέδικτος. "Ορισμένοι θεωρούν ότι οι γκέι είναι μία πρόοδος! Δε νομίζω οι εξελιγμένοι πολιτισμοί, να ασχολούνται με κάτι τέτοιο"!

Αυτό που δεν καταλάβαινε, όμως, ο Βενέδικτος, είναι πως δε θα ασχολούνταν κανείς με κάτι τέτοιο, επειδή θα θεωρείτο δεδομένο πως ο σεξουαλικός προσανατολισμός κάποιου, δεν αφορά κανέναν άλλον.
"*Κάποιος, λοιπόν, πολιτισμός, που βρίσκεται στο πρώτο στάδιο*", συνέχισε ο επιστήμονας, "*έχει καταφέρει να αξιοποιήσει την ενέργεια όλου τού πλανήτη του. Κάποιος στο στάδιο δύο, έχει καταφέρει να αξιοποιήσει την ενέργεια που διαχέεται από το άστρο του, πιθανότατα με μία σφαίρα Ντάισον. Και κάποιος στο στάδιο τρία, θα έχει καταφέρει να αξιοποιήσει την ενέργεια όλου τού γαλαξία του*".

Ο Βενέδικτος το επεξεργάστηκε για λίγο. Σε ποιο στάδιο να βρισκόταν η ανθρωπότητα;

*"Μεταγενέστεροι επιστήμονες πρόσθεσαν στάδια, μα κάτι τέτοιο είναι δύσκολο να βρεθεί ακόμη. Υποθέσεις λένε, πως πολιτισμοί μεγαλύτερων επιπέδων, έχουν χρησιμοποιήσει άλλους για πειράματα. Και, το πιο σημαντικό, σε ποιο στάδιο είμαστε εμείς"*;
Ένας καλεσμένος στην εκπομπή, το σκέφτηκε λίγο.
"Στο πρώτο, και πάμε για το δεύτερο".
Αυτό σκέφτηκε.
*"Γιατί; Έχουμε αξιοποιήσει την ενέργεια της γης; Θα ντρεπόμουν να πω σε κάποιον εξωγήινο πολιτισμό, ότι παίρνουμε την ενέργειά μας, από νεκρή φυτική και ζωική ύλη. Είμαστε, λοιπόν, σε ένα στάδιο της τάξεως του 0,6"*.
Ο Βενέδικτος έμεινε άφωνος.

Τόσα χρόνια προόδου, και ακόμη να εξελιχθούμε;

*"Σήμερα, που είμαστε πιο εξελιγμένοι από ποτέ"*, συνέχισε ο επιστήμονας, *"μισούμε άλλους ανθρώπους, επειδή δεν έχουν το ίδιο φυλετικό ζευγάρι χρωμοσωμάτων με εμάς, ή επειδή το δέρμα τους αντανακλά το φως διαφορετικά απ' ό,τι το δικό μας. Ίσως, τελικά, να μην υπάρχει έξυπνη μορφή ζωής, επάνω στη γη"*!

Ο Βενέδικτος αφήνιασε. Φταίει αυτό που αποκαλούν "σεξισμό" και αυτό που αποκαλούν "ρατσισμό", για τη χαμηλή κλίμακα;

Έβαλε ένα πουκάμισο, και βγήκε από το σπίτι του. Ήθελε απλά να πάρει λίγο αέρα, να τον δει ο ήλιος. Μαζί με τον ήλιο όμως, τον είδε και ο κόσμος... Είχε διαλέξει να βγει μόνος του, χωρίς ασφάλεια, και υπέστη όλες τις λεκτικές επιθέσεις τού κόσμου. Δεν είχε όρεξη για τέτοια.

Έστριψε σε ένα στενό. Βράδιαζε. Μια φωτεινή επιγραφή ξεχώριζε. "Μια ματιά στο μέλλον μας". Την προσπέρασε ανέκφραστος, σαν άναψε ένα τσιγάρο.
"Κύριε Βρέλη, καλά σάς αναγνώρισα";
Ακούστηκε μια φωνή.
Ο Βενέδικτος έστριψε το σώμα του, και είδε έναν νεαρό άνδρα να τον κοιτά. Είχε μόλις βγει από το μαγαζί στο οποίο έδειχνε η επιγραφή.
"Γνωριζόμαστε"; Ρώτησε κοφτά ο Βενέδικτος.
"Προσωπικά, ίσως όχι, αλλά είστε πολύ διάσημος! Θα θέλατε να δοκιμάσετε την τεχνολογία μας δωρεάν";

Ο Βενέδικτος το σκέφτηκε λίγο.
"Δε βαριέσαι"; Έριξε το τσιγάρο κάτω, και το πάτησε. "Άντε να τελειώνουμε".
Σαν προχώρησε στο μαγαζί, ο νεαρός έπιασε τη γόπα, και την πέταξε στον κάδο δίπλα.

“Και... Περί τίνος πρόκειται”; Ρώτησε υπεροπτικά ο Βενέδικτος.
Σαν έτριψε τι σόλες των παπουτσιών του με το χαλάκι που έλεγε “welcome”, περπάτησε σε έναν εύθυμο χώρο.

Ήταν καλά φωτισμένος, και είχε φυτά γύρω-γύρω. Φαινόταν υπερσύγχρονος, και όλοι οι άνθρωποι εκεί φαίνονταν καλοσυνάτοι και εύθυμοι.
“Ελάτε μαζί μου, κύριε Βρέλη”.

Ο Βενέδικτος προχώρησε σε μία αίθουσα, στην οποία βρισκόταν μία κάψουλα σε ανθρώπινο μέγεθος, και ένα γραφείο.
“Παρακαλώ, καθίστε”, έκανε νόημα ο άνδρας.
“Μου θυμίζει ταινία επιστημονικής φαντασίας”... Είπε σκεπτικός ο Βενέδικτος.
“Δεν απέχετε πολύ. Αυτή η κάψουλα έχει συνδυάσει εκπληκτικές τεχνολογικές εφευρέσεις”.

“Δεν μπαίνεις, όμως, στο ψητό! Δεν έχω όλο τον χρόνο στη διάθεσή μου”!
“Ναι, με συγχωρείτε... Αυτή η κάψουλα που βλέπετε, είναι βασισμένη σε τεχνολογία επαυξημένης πραγματικότητας. Πιο ρεαλιστικές από ποτέ, προβάλλονται μπροστά σας τεχνητές εικόνες. Μπορείτε να αλληλεπιδράσετε με το περιβάλλον σας, σα να βρίσκεστε σε όνειρο”.
“Παράξενα μου φαίνονται όλα αυτά, και με τρομάζουν. Δεν ξέρω πώς λειτουργεί αυτό το πράγμα, και”...

Ο άνδρας πήγε πίσω από το γραφείο, και έβγαλε κάτι χαρτιά.
“Αναλαμβάνουμε την πλήρη ευθύνη, σε περίπτωση που κάτι δεν πάει καλά”.
Ο Βενέδικτος διάβασε για λίγο τα χαρτιά.
“Και τι θα μου δείξει”;
“Θα ταξιδέψετε στο μέλλον, πώς θα είναι ο κόσμος σε περίπου είκοσι χρόνια... Μια εκτίμηση, τουλάχιστον”.

Ο Βενέδικτος γέλασε.
"Θα σου πω εγώ πώς θα καταλήξει ο κόσμος σε είκοσι χρόνια! Αυτές οι παράξενες τεχνολογίες, οι τεχνητές νοημοσύνες... Δεν ξέρουνε τι κάνουνε"!
"Δεν εμπιστεύεστε τους αρμόδιους επιστήμονες";
"Κουραφέξαλα! Έχουν βγάλει ένα πανεπιστήμιο με όνομα, και κάτι έκαναν"!

Ο άνδρας φάνηκε ενοχλημένος, αλλά δεν αντέδρασε: σα να ήλπιζε ότι η αισιοδοξία αυτής τής συσκευής, θα βοηθούσε τον Βενέδικτο. Σίγουρα, εάν έβλεπε τη μεγάλη πρόοδο, και την κοινωνία στην οποία όλα είναι ιδανικά, δε θα έχει παρά να συμφωνήσει πως οι προοδευτικές απόψεις πρέπει να επικρατήσουν... Σωστά;

Ύστερα από λίγο, ο Βενέδικτος σταμάτησε να γελάει.
"Και πώς λειτουργεί αυτό το πράγμα";

“Ξαπλώνετε μέσα στην κάψουλα, φοράτε αυτό το κράνος, και χαλαρώνετε. Σύντομα θα νιώσετε μια ηρεμία, και θα βυθιστείτε σε ένα στάδιο ύπνου. Θα μπορείτε να ελέγχετε το περιβάλλον σας”.
Ο Βενέδικτος, αν και αρχικά είχε τις αμφιβολίες του, τώρα το σκεφτόταν.

Θα ήταν καλό για την εικόνα του να είναι από τους πρώτους που δοκιμάζουν μια τέτοια συσκευή, και μάλιστα θα τη δοκίμαζε δωρεάν, κάτι που δε θα το έκαναν πολλοί. Σίγουρα θα ήταν πανάκριβη προς τους απλούς ανθρώπους.

Και, στην τελική, δεν είχε τίποτε να χάσει. Τίποτε δεν του είχε μείνει, τελικά. Δεν τον γέμιζαν τα χρήματα. Ίσως να έβλεπε κάτι αισιόδοξο, να ξαναέβρισκε την ελπίδα.
“Ας το κάνουμε”.

Σε λίγο, ο Βενέδικτος ήταν ξαπλωμένος μέσα στην κάψουλα, με ένα κράνος και κάτι καλώδια στο κεφάλι.
"Δε χρειάζεται να κάνετε τίποτε άλλο, κύριε Βρέλη. Απλά ηρεμήστε"...

Σε λίγη ώρα, ο Βενέδικτος κοιμόταν...

# Κεφάλαιο XI

Ξάφνου, άνοιξε τα μάτια του, και ξύπνησε στο βολικό, φουτουριστικό παγκάκι, έχοντας στα χέρια του μια εφημερίδα.
Ηρεμία επικρατούσε στην πόλη.
Όταν οι ακτίνες τού ήλιου έφτασαν στα μάτια του, πετάχτηκε πάνω, και έριξε μια ματιά τριγύρω, τρομαγμένος.
"Κύριε";
Ο Βενέδικτος γύρισε απότομα, και είδε ένα παιδί να του δίνει την εφημερίδα.
"Σας έπεσε αυτό"...
Σάστισε.Ύστερα, άρπαξε απότομα την εφημερίδα, έστριψε, και έφυγε.
"Καλή σας ημέρα"! Φώναξε από πίσω το παιδί.

Προχώρησε λίγο ακόμη, παρατηρώντας τις κινήσεις των ατόμων, τα ρούχα τους, τον αέρα, την υφή τής εφημερίδας.

Ξάφνου, άκουσε μια φωνή στο μυαλό του.
"Πώς σας φαίνεται, κύριε Βρέλη";
"Ε"; Ρώτησε ο Βενέδικτος. "Ποιος είσαι, πού είμαι";
"Θα σας πρότεινα να ηρεμήσετε, κύριε Βρέλη. Το υποσυνείδητό σας, το έφτιαξε όλο αυτό. Μην ξεχνάτε, πως είναι όνειρο"...
"Όνειρο; Α, ναι, η κάψουλα... Μα, πώς είναι όλα τόσο αληθοφανή";

Ο Βενέδικτος περπάτησε λίγο ακόμη, και θαύμασε τα υπερσύγχρονα, αθόρυβα, ηλεκτρικά αυτοκίνητα, τα μινιμαλιστικά κτίρια, τα καταπράσινα πάρκα, τον καθαρό αέρα, και την ηλιοφάνεια που, αν και καλοκαιρινή, δεν έκαιγε διόλου.
"Φαίνεται ρεαλιστικό, μα δεν είναι παρά προβολές τού εγκεφάλου σας. Σε έναν εξωτερικό παρατηρητή, φαίνεται πλήρως αλλόκοτο".
"Τι εννοείς";

"Αυτά που βλέπετε γύρω σας, τα λογικοποιεί ο εγκέφαλός σας, για να βγάζουν νόημα σε εσάς, μα υπάρχουν λογικές ρωγμές. Εμείς, σε ό,τι μπορούμε να δούμε από τις προσομοιώσεις μας, τουλάχιστον, δε βλέπουμε παρά σχήματα και σκιές".
"Τι είδους λογικές ρωγμές";
Ο Βενέδικτος κοίταξε τα παπούτσια του, πώς τρίβονταν με την άσφαλτο. Ούτε ένα σκουπίδι στο έδαφος.

Έκατσε ξανά σε ένα παγκάκι, το οποίο ήταν πεντακάθαρο, με υποδοχές για φορτιστές.
"Δείτε την εφημερίδα που κρατάτε στο χέρι σας, κύριε Βρέλη. Τι λέει";
Ο Βενέδικτος σήκωσε την εφημερίδα, την είδε, και προσπάθησε να διαβάσει. Πρόσεξε όμως πως έβλεπε μονάχα παράξενα σύμβολα, χωρίς καμία λογική υπόσταση. Συνεχώς μεταβάλλονταν, με

έναν τρόπο σουρεαλιστικό. Αδυνατούσε να δει καθαρά τις ακμές και καμπύλες τους.
"Δεν ξέρω τι λέει"...
"Λέει πάντα αυτό που αναμένετε να διαβάσετε. Νομίζετε ότι λέει κάτι, επομένως το βλέπετε, αν και δεν υπάρχει. Το ίδιο συμβαίνει και με τα είδωλα στους καθρέφτες. Αν δείτε τα δάχτυλα των χεριών σας, δε θα μπορέσετε να τα μετρήσετε".

Εκτός από αυτά, όμως, όλα ήταν τόσο όμορφα σχεδιασμένα. Ένα ονειρικό μέλλον. Τέλειο, από κάθε άποψη... Σχεδόν από κάθε άποψη...
"Τί είναι αυτό"; Ο Βενέδικτος είδε ένα ζευγάρι ομοφυλόφιλων ανδρών, να κάθονται κάτω από ένα δέντρο.
Όλα έπαψαν να μοιάζουν γαλήνια, και πλέον η κάψουλα δεν ήλεγχε τις προβολές.
Όλα φάνηκαν να γίνονται πιο αγχωτικά,

και ο Βενέδικτος ένιωσε τον κόσμο να διαλύεται.
"Κύριε Βρέλη, πρέπει να ηρεμήσετε! Μην ξεχνάτε ότι ελέγχετε το περιβάλλον σας! Παίζει και η συσκευή ρόλο, όμως εσείς είστε αυτός που ελέγχετε τι γίνεται! Τα συναισθήματά σας, μετατρέπονται σε προβολές"!

Ο Βενέδικτος, πήρε μερικές βαθιές ανάσες.
"Βγάλτε με από εδώ"!
"Όπως επιθυμείτε, κύριε Βρέλη".
Η κάψουλα άνοιξε, και ο Βενέδικτος πετάχτηκε έξω.
"Τι με βάλατε να κάνω"!
"Δεν ήταν ρεαλιστικό αυτό που είδατε, κύριε Βρέλη";
"Δε με παρατάς, λέω 'γω";
Ο Βενέδικτος έσπευσε έξω από το κτίριο, βγήκε στο στενό, και ανέβηκε γρήγορα

μέχρι τον δρόμο, όπου και πήρε τον γυρισμό. Πλέον, ήταν νύχτα...

Καθώς περπατούσε, δυσκολεύτηκε μερικές φορές να ανασάνει. Παραπατούσε λίγο, μέχρι που έκατσε σε ένα παγκάκι. Η ατμόσφαιρα ήταν ψυχοπλακωτική. Το παγκάκι βρώμικο, και κανένας χαρούμενος άνθρωπος γύρω του. Μύριζε τσιγάρο και αλκοόλ.

Όμορφα ήταν, τελικά, σε εκείνη την κάψουλα... Μα, τι ήταν αυτά που σκεφτόταν; Πώς είναι δυνατόν να είναι ωραία μέσα σε μία κάψουλα, όπου όλοι οι άνθρωποι, ανεξάρτητα από θρησκεία, καταγωγή, φύλο και σεξουαλικό προσανατολισμό έχουν ίσα δικαιώματα;

Βέβαια, ποτέ δεν του το είπαν αυτό. Μόνος του κατάλαβε πως, προκειμένου να φτάσουμε σε μια τέτοια, ιδεατή κοινωνία, θα έπρεπε να πληρούνται τα παραπάνω. Μα δεν ήθελε με τίποτε να το παραδεχτεί.

Μόλις σηκώθηκε από το παγκάκι, προχώρησε στον σκοτεινό δρόμο, μέχρι που πέρασε δίπλα από ένα μαγαζί με ηλεκτρικά και ηλεκτρονικά είδη. Στη βιτρίνα του, βρίσκονταν δύο μεγάλες τηλεοράσεις, στις οποίες προβαλλόταν το δελτίο ειδήσεων.
"Ο πρωθυπουργός τής Ελλάδας, μόλις υπέγραψε το διάταγμα, κατά το οποίο απαγορεύονται οι ομοφυλοφιλικές σχέσεις. Οι προθέσεις του είχαν μείνει κρυφές, διότι πίστευε πως θα ξεσηκώσει κύμα αντιδράσεων. Ας ακούσουμε την ομιλία του".

Σε λίγα δευτερόλεπτα, ο πρωθυπουργός τής χώρας, μιλούσε στην οθόνη.
*"Έλληνες και Ελληνίδες, συμπατριώτες. Η Ελλάδα μας είναι μία χώρα τής*

*παράδοσης, που έδειχνε ανέκαθεν σεβασμό στην πολιτιστική κληρονομιά. Άλλες χώρες τού κόσμου, προσπαθούν εμμέσως να μας επηρεάσουν, και να μας περάσουν ιδεολογίες που δεν ταιριάζουν στην αγνότητα της χώρας μας. Η εκκλησία μας, η Χριστιανική Ορθόδοξη εκκλησία, εξέφρασε πολλές φορές πως οι ομοφυλοφιλικές σχέσεις είναι αμαρτίες, απέναντι στο πρόσωπο του Θεού".*
Ο Βενέδικτος είχε μείνει άφωνος. Ποτέ δεν περίμενε ο συγκεκριμένος πρωθυπουργός να πει κάτι τέτοιο. Εξεπλάγην θετικά.

Ένας από τους δημοσιογράφους στο κοινό, εξέφρασε την ένστασή του.
"Δεν είναι καταπάτηση ανθρωπίνων δικαιωμάτων, η απαγόρευση έκφρασης σεξουαλικού προσανατολισμού";
Ο πρωθυπουργός έμεινε άναυδος, και επέλεξε να μην απαντήσει.

*"Από σήμερα, λοιπόν, απαγορεύεται και με νόμο η σύναψη ομοφυλοφιλικών σχέσεων, και θα τιμωρείτε με ισόβια φυλάκιση. Επειδή δείχνουμε σεβασμό στα ανθρώπινα δικαιώματα, όπως είπε και ο κύριος δημοσιογράφος, δε θα υπάρχει θανατική ποινή, όπως έχει υιοθετηθεί σε άλλες, οπισθοδρομικές, Ισλαμικές χώρες, του τρίτου κόσμου. Σας ευχαριστώ".*

Το πλήθος ξέσπασε σε χειροκροτήματα, το ίδιο και ο Βενέδικτος.
"Εκπληκτικό"... Μονολόγησε. "Επιτέλους! Ζήτω ο Ιησούς Χριστός"!
Ειρωνικό το πώς οι ακόλουθοι μιας θρησκείας που διδάσκει "Αγαπάτε Αλλήλους", υποστηρίζουν πως θα τους αγαπάμε μόνο αν είναι ετεροφυλόφιλοι, λευκοί, Χριστιανοί, άνδρες, Έλληνες.

Ο Βενέδικτος ένιωσε πως μπορούσε για άλλη μια φορά να θάψει τις αμφιβολίες του. Τελικά, δεν απογοητεύτηκε!
"Μόνο τις γυναίκες πρέπει να συμμαζέψουν τώρα, με προσοχή, μη γίνουμε σαν τους Μουσουλμάνους τους μην πω, και τότε θα δείτε εξέλιξη"!

Την επόμενη ημέρα, ο Βενέδικτος εξέφρασε δημόσια τη συμπαράστασή του στο έργο τού Πρωθυπουργού, το οποίο είχε χαρακτηριστεί "Τυραννικό και παρόμοιο πραξικοπήματος" από πολλούς.

# Κεφάλαιο XII

Τις επόμενες μέρες, ο Βενέδικτος άρχισε να βγαίνει έξω πάλι. Ύστερα από την ανακοίνωση του πρωθυπουργού, ένιωθε πως η φωνή του δε θα κατακρινόταν πλέον.

"Έχω ένα μήνυμα προς τον κύριο πρωθυπουργό και τους πολίτες τής Ελλάδας", είπε ο Βενέδικτος στην επόμενη δημόσια ομιλία του.
"Μου έχει δοθεί αρκετές φορές μια εντύπωση αντιπάθειάς σας, απέναντι στο πρόσωπό μου, λόγω των 'οπισθοδρομικών' μου ιδεών. Παρατηρείτε όμως, πως ο κύριος πρωθυπουργός αναγνωρίζει τη διαύγεια του λόγου μου. Η Ελλάδα θα ανακάμψει και πάλι, όσο οι καινούργιες νόρμες δε θα υφίσταται".

Περίμενε ο κόσμος να μην αντιδράσει ούτε σε αυτά που είπε ο πρωθυπουργός, ούτε και σε αυτά που είπε ο ίδιος. Όμως, φωνές διαμαρτυρίας ακούστηκαν από το κοινό.
"Η διαμαρτυρίες σας δεν πιάνουν μία, πλέον! Να πάτε να διαμαρτυρηθείτε στη Σουηδία και την Ολλανδία"! Δεν κατανοούσε ότι σε αυτές τις χώρες, δεν υπήρχε λόγος διαμαρτυρίας.

Σε μερικές ημέρες, ο Βενέδικτος το πήρε απόφαση: θα έκανε ό,τι μπορούσε, ώστε να αποδυναμώσει την κοινότητα ΛΟΑΤΚΙ+, και να την εξαφανίσει από την Ελλάδα.
"Είναι τιμή μου, κύριε πρωθυπουργέ". Είπε ο Βενέδικτος, σαν έσφιγγε το χέρι με τον πρωθυπουργό.
Τον είχε καλέσει στην Αθήνα, να συζητήσουν επί αυτού τού θέματος.

“Οφείλω να ομολογήσω, πως η θέλησή σας για πρόοδο είναι εμφανής, κύριε Βρέλη”. Ξεκίνησε ο πρωθυπουργός.
“Μάλιστα. Και θα ήθελα να συζητήσουμε, σχετικά με τη βοήθεια που μπορώ να προσφέρω... Θέλω να πω, έχω μια θέση, και μια οικονομική ευχέρεια”...
“Εκτιμούμε τη στάση σας, κύριε Βρέλη”.

Η συμφωνία έκλεισε. Την επόμενη ημέρα, έξω από τη Βουλή, μία μεγάλη ομάδα νεαρών ακτιβιστών, φωνάζουν συνθήματα υπέρ τής ΛΟΑΤΚΙ+ κοινότητας, με πολύχρωμες σημαίες. Με ένα χαμόγελο, ο Βενέδικτος παρακολουθεί από την τηλεόρασή του ζωντανά, στο ρετιρέ τού ξενοδοχείου του.

Ξάφνου, βλέπει τα πρόσωπα των ανθρώπων. Νέα παιδιά, είκοσι και είκοσι πέντε ετών, ακόμη μπουμπούκια... Η κόρη του, αν ζούσε, θα γινόταν κάποτε μια όμορφη νεαρή... Οι γονείς αυτών των παιδιών, που είναι περήφανοι για το θάρρος τους, δεν ήξεραν τι έμελλε να γίνει.

Μόλις συνειδητοποίησε τι είχε κάνει... Πετάχτηκε όρθιος, κατέβηκε γρήγορα στον δρόμο, και πήρε το πρώτο ταξί που βρήκε, για την πλατεία Συντάγματος. Σε λίγο ήταν εκεί, ακόμη δεν είχε γίνει κάτι. Έτρεξε ανάμεσα στα πλήθη, και φώναζε σε όλους το ίδιο:
"Τρέξτε! Φύγετε! Δεν ξέρετε τι πρόκειται να γίνει! Τρέξτε να σωθείτε"!
Κανένας όμως δεν τον άκουγε: όλοι τους ήταν αποφασισμένοι.

Μετά από ακόμη λίγη ώρα άσκοπης προσπάθειας, μία Μονάδα Αποκατάστασης Τάξης, ερχόταν γρήγορα, και στοιχισμένη με απειλητικό τρόπο.

“Ήρθε η ώρα”... Μουρμούρισε ο Βενέδικτος.
Ξάφνου, οι αστυνομικοί τράβηξαν δακρυγόνα, και τα πέταξαν στους διαδηλωτές. Ο Βενέδικτος έπεσε κάτω, και άρχισε να σέρνεται μέσα στο χάος. Κόσμος έτρεχε και έπεφτε.

Τα ΜΑΤ όμως, δε σταμάτησαν εκεί: επιτέθηκαν με ασπίδες και άρχισαν να χτυπάνε όποιον διαδηλωτή έβρισκαν μπροστά τους.
“Μη, σταματήστε”! Φώναξε ο Βενέδικτος, που στάθηκε μπροστά τους. “Είμαι ο Βρέλης! Εγώ τα χρηματοδότησα όλα αυτά! Σας διατάζω να σταματήσετε”!
“Κάν’ τε άκρη, κύριε”! Φώναξε ένας αστυνομικός, και τον έσπρωξε στην άκρη.

Ο Βενέδικτος κοκάλωσε. Έκανε βουρκωμένος και σοκαρισμένος μερικά

βήματα προς τα πίσω, με κομμένη την ανάσα από το θέαμα που αντίκριζε.
"Εγώ τα έκανα όλα αυτά"...
Έπεσαν και άλλα δακρυγόνα. Προκειμένου να σωθεί, ο Βενέδικτος άρχισε να τρέχει, λέγοντας στον εαυτό του πως τους προειδοποίησε, και πως έκανε ό,τι μπορούσε, χωρίς καν να συλλογιστεί ξανά το γεγονός ότι ο ίδιος τα προξένησε όλα εξαρχής.

Στο ξενοδοχείο έφτασε χτυπημένος, αποδυναμωμένος, κουρασμένος. Τα μάτια του έκαιγαν, και δεν είχε ακόμη συνέλθει από το σοκ. Άκουσε ένα βουητό στον ουρανό, και βγήκε στο μπαλκόνι να δει.

Μια ομάδα πέντε αεροσκαφών σε τριγωνικό σχηματισμό, περνούσαν πάνω από την Αθήνα, και έκαναν κύκλους περιμετρικά τής πρωτεύουσας.

*"Έκτακτο δελτίο ειδήσεων. Σε συνδυασμό με τα γεγονότα έξω από τη Βουλή, κατά τη διάρκεια διαδήλωσης υπέρ τής ΛΟΑΤΚΙ+ κοινότητας, Τουρκικά αεροσκάφη πετάνε πάνω από Ελληνικά εδάφη"*.

Ώστε... αυτό ήταν. Από το κακό στο χειρότερο. Η Ελλάδα βρίσκεται στα πρόθυρα πολέμου, ενώ κλονίζεται από διαδηλώσεις, και ο λαός είναι διχασμένος.

Και το ήξερε καλά, πως έφταιγε αυτός.

Δεν μπόρεσε να κοιμηθεί καμία από τις επόμενες ημέρες. Δεν μπορούσε να ξεκολλήσει από την τηλεόραση, να δει και να βεβαιωθεί πως όλα θα πάνε καλά, πως δε θα καταστρέψει ολόκληρο το έθνος. "*Συνάντηση πρωθυπουργού Ελλάδας και πρωθυπουργού Τουρκίας*"... Έλεγε μια δημοσιογράφος.

*"Αρνητική στάση απέναντι στις κινήσεις τής Ελλάδας έχουν χώρες όπως Ισπανία, Σουηδία, Νορβηγία"*... Έλεγε ένας άλλος. *"Οι Ευρωπαϊκές χώρες, η μία μετά την άλλη, ακολουθούν το παράδειγμα της Ελλάδας, και απαγορεύουν τις σχέσεις των ομοφυλόφιλων"*...
Τι πράγμα;

Πριν λίγο καιρό θα χαιρόταν με αυτά τα νέα, μα ένιωθε πως ο κόσμος ξεθώριαζε. Του άρεσε η κατάσταση στην οποία έκανε ο ίδιος την επανάστασή του, σε ατομικό επίπεδο. Μα τώρα, το πρόσωπό του ήταν παντού: ήταν υπεύθυνος για όλο αυτό το χάος.

Αλβανία, Μεγάλη Βρετανία, Ρωσία, Βοσνία και Ερζεγοβίνη, Βόρεια Μακεδονία, Βουλγαρία, Ρουμανία, Βέλγιο, Γαλλία, Γερμανία, Λουξεμβούργο, Δανία, Ιταλία...

Απαγορεύονται οι ομοφυλοφιλικές σχέσεις, οι διαμαρτυρίες υπέρ τους...

Και ακόμη, δεν είχαν δει τίποτε...
Και, βέβαια, όλες οι μορφές πολέμου, συνεχίζονται. Ιμπεριαλιστικοί και θρησκευτικοί. Η Ουκρανία βομβαρδίζεται από τη Ρωσία, η Παλαιστίνη σφαγιάζεται από το Ισραήλ, στον πόλεμο εμπλέκεται το Ιράν.

Ελάχιστες χώρες παγκοσμίως υποστηρίζουν τα ανθρώπινα δικαιώματα. Οι ΗΠΑ αναλαμβάνουν σχεδόν τυραννικό ρόλο στη Βόρεια, αλλά και στη Νότια Αμερική.

Καταστροφή σε παγκόσμιο επίπεδο. Για άλλη μια φορά, πιο σοβαρά από τις άλλες φορές.

# Κεφάλαιο XIII

*Ντριιιν! Ντριιιν!* Χτύπησε το σταθερό τηλέφωνο.
"Παρακαλώ"; Είπε με κοφτή φωνή, με μικρούς λυγμούς.
"Ο κύριος Βρέλης";
"Μάλιστα. Ποιος είναι";
"Ο πρωθυπουργός θέλει να σας μιλήσει ιδιαιτέρως, κύριε Βρέλη".
"Πότε";
"Μου είπε να σας μεταφέρω αυτολεξεί 'εχθές'".

Ήταν μια καλή ευκαιρία, να του ζητήσει να τα σταματήσει όλα αυτά.
"Ξανασυναντιόμαστε, κύριε Βρέλη"... Είπε ο πρωθυπουργός, σαν έβαλε μέσα στα ποτήρια τους λίγο λικέρ, και προσφέροντάς το στον Βενέδικτο.
"Δεν πίνω, σας ευχαριστώ"...

"Μα, είναι ιδιάζουσα περίπτωση"...
Ο Βενέδικτος, ήπιε μία γουλιά, μόνο αφού είχε πιει και ο άνδρας απέναντί του.
"Τι με θέλατε"; Η φωνή του ακουγόταν αγχωμένη. Η ατμόσφαιρα ήταν άβολη.
"Θα ήθελα να σας συγχαρώ για άλλη μια φορά, για τη βοήθειά σας"...
"Τιμή μου... Θεωρώ πως είναι ώρα αυτό να σταματήσει, όμως"...
"Να σταματήσει; Μα, μόλις ξεκινήσαμε"!
"Τι σημαίνει αυτό"; Τώρα πια, πέρα από αγχωμένος, ήταν και πέρα για πέρα φοβισμένος.

Ο πρωθυπουργός, έκανε νόημα σε έναν σωματοφύλακα, να βγει από την αίθουσα.
"Ήσαστε στη διαδήλωση, κύριε Βρέλη";
"Ποιος; Εγώ";
"Ο κύριος Βρέλης δεν είστε"; Χαμογέλασε ο πρωθυπουργός.
"Ναι, μάλιστα... Ε... Δεν ήμουν, όχι"...

“Παράξενο”... Είπε ο πρωθυπουργός κοιτάζοντας το ποτήρι του. “Γιατί σας είδα πολύ καθαρά”...
“Α! Λέτε στη διαδήλωση πριν λίγο, ναι... Ήμουν, ναι”...
“Και γιατί δεν το είπατε”;
Η φωνή τού πρωθυπουργού φαινόταν πολύ ήρεμη, μα κρυφά επιθετική, ενώ αυτή τού Βενέδικτου καθαρά φοβισμένη και ολίγον τι απολογητική.
“Ε, κατάλαβα κάτι άλλο”...
Ο πρωθυπουργός φάνηκε να χάνει την ψυχραιμία του, και εξερράγη.
“Σας παρακαλώ πολύ, κύριε Βρέλη! Εναντιώνεστε στο έργο τής κυβερνήσεως, το οποίο εσείς ο ίδιος χρηματοδοτήσατε, ενώπιων του ίδιου τού πρωθυπουργού”;

Δεν ήξερε τι να πει.
“Λυπήθηκα αυτά τα νέα παιδιά, κύριε... Ε, βλέπετε, κι εγώ πατέρας”...

"Να το σκεφτόσαστε νωρίτερα, λοιπόν! Θα μας βοηθήσετε μέχρι τέλους, αλλιώς οι επιχειρήσεις και οι μετοχές σας, θα εξαφανιστούν"!
"Πώς";
"Νομίζετε δε θα βρω τρόπο; Είμαι ο πρωθυπουργός"!
Ο Βενέδικτος έσκυψε το κεφάλι.
"Σας ευχαριστώ, κύριε Βρέλη, για την όμορφη συνεργασία, θα σας ενημερώσουμε επί τού θέματος... Περάστε".

Η Ελλάδα βρισκόταν πολύ κοντά σε πόλεμο, και ο πρωθυπουργός τον απειλούσε πως θα του έπαιρνε ό,τι είχε και δεν είχε. Ένα πράγμα έμενε να κάνει... Να μεταφέρει τα χρήματα που διέθετε σε ξένες τράπεζες, και να φύγει από τη χώρα...

Τις επόμενες ημέρες, κατάφερε να μεταφέρει τα χρήματά του σε δόσεις, και να φτάσει μέχρι περίπου δεκαπέντε ξεχωριστές Ελβετικές τράπεζες. Είχε αρκετά χρήματα για να ζήσει όλη του τη ζωή, και οι Ελβετικές τράπεζες ήταν οι πιο ασφαλείς στον κόσμο.

Ακόμη και σε περίπτωση πολέμου, η Ελβετία μένει πάντα αμέτοχη. Οι μεγαλύτεροι δισεκατομμυριούχοι στον κόσμο, φυλάνε τα χρήματά τους σε Ελβετικές τράπεζες, και θα ήταν απλά ζημιώδες να βρεθεί μία τέτοια χώρα υπό πολεμικές συνθήκες.

Κατά τον Β' Παγκόσμιο πόλεμο, μάλιστα, η Ελβετία έριχνε όλα τα πολεμικά αεροπλάνα που περνούσαν πάνω από τα εδάφη της, είτε ήταν Γερμανικά, είτε Βρετανικά, είτε Αμερικάνικα, είτε ακόμη και Ελβετικά!

Δίχως να συμμετάσχει ενεργά στον πόλεμο, η Ελβετία κράτησε μια ουδέτερη στάση, και βγήκε από αυτόν χρηματικά κερδισμένη.

Ήταν όντως παράξενο, το ότι μία από τις πιο εξελιγμένες χώρες στην Ευρώπη, ήταν και μία από τις μοναδικές παγκοσμίως, που υποστήριζε ακόμη τη ΛΟΑΤΚΙ+ κοινότητα... Ή μήπως δεν ήταν τόσο παράξενο, τελικά;

Χωρίς κάποια αποσκευή, ο Βενέδικτος πήρε απόφαση ότι θα άφηνε την Ελλάδα για πάντα. Μονάχα με ένα διαβατήριο, μπήκε σε ένα ταξί, και σε λίγο βρισκόταν στο αεροδρόμιο Ελευθέριος Βενιζέλος.

Όποιος τον έβλεπε, είχε την ίδια αντίδραση: μια έκφραση αποδοκιμασίας στο πρόσωπο, και συχνά λόγια υποτιμητικά, όπως "Ορίστε ο νέος Χίτλερ!", ή "Έχασες τον δρόμο, μήπως; Δεν έχει εδώ τράπεζα!". Τα άξιζε όλα αυτά.

Πώς τα κατάφερε έτσι...

Στην ουρά για τον έλεγχο αποσκευών, ο Βενέδικτος προσπαθούσε να μην κοιτάει τον κόσμο.
"*Καλή σας πτήση... Επόμενος*"; Η αεροσυνοδός είχε το βλέμμα σε κάτι χαρτιά.
"*Αν έχετε τυχόν νομίσματα —*" διακόπηκε ο λόγος της, σαν είδε τον Βενέδικτο.
"Να τα βγάλω, ξέρω"...
Καθώς περπάτησε μέχρι τον ανιχνευτή μετάλλων, όλοι οι υπάλληλοι τον κοιτούσαν με μισό μάτι.

Δεν μπορούσαν όμως να κάνουν κάτι: είχαν την υποχρέωση να τον εξυπηρετήσουν. Τίποτε όμως δεν τους εμπόδιζε να εκφράσουν τη δυσαρέσκειά τους, όσο το κάνουν...

Όταν ο Βενέδικτος πέρασε τον ανιχνευτή, δεν ακούστηκε κάποιος ήχος, αλλά ο υπάλληλος βάλθηκε να τον ελέγξει για ναρκωτικές ουσίες, με σωματικό έλεγχο και με ηλεκτρικό παλμό.
"Δε χτύπησε καν ο ανιχνευτής"!
"Πρέπει να είμαστε σίγουροι, κύριε"...

Η κυβέρνηση είχε πολλές ασχολίες εκείνη την περίοδο, οπότε αδυνατούσε να ελέγχει όσους φεύγουν από τη χώρα. Το ίδιο και με τις μεταφορές χρημάτων. Ίσως ήταν από τύχη, αλλά σε δύο ώρες, ο Βενέδικτος πετούσε για Ελβετία.

Εάν έπαιρνε ένα ιδιωτικό τζετ, θα ήταν πιο εύκολο να τον εντοπίσουν, οπότε έπρεπε να υποστεί τη συμπεριφορά απέναντι στο πρόσωπό του.

Όταν έκατσε στη θέση του, και ετοιμάστηκε για απογείωση, μια αεροσυνοδός που περνούσε, του πάτησε δήθεν καταλάθος το πόδι.

Παλαιότερα θα αντιδρούσε, μα δεν είχε πλέον τις δυνάμεις να κάνει κάτι τέτοιο. Επίσης, κανένας αεροσυνοδός δεν του προσέφερε το δωρεάν μπισκότο που προσέφεραν στους άλλους επιβάτες.

Τον ανάγκασαν να βγει τελευταίος, και έχυσαν "καταλάθος" καφέ επάνω στα ρούχα του.

Είχε σκοπό να αποκαταστήσει τη φήμη του όμως, όταν θα έσωζε τον κόσμο από τις καταστροφές που είχε ο ίδιος προξενήσει. Κατά την άφιξή του στην Ελβετία, νοίκιασε μία μονοκατοικία, και ξεκίνησε μία καινούργια ζωή.

Δεν ήξερε ακριβώς τι θα έκανε για να επανορθώσει. Δεν ήξερε καν αν θα έκανε κάτι για να επανορθώσει.

Είχε και τον εγωισμό του: δεν επρόκειτο να διαδηλώσει υπέρ κανενός. Μπορεί να λυπόταν τα νεότερα παιδιά, αλλά δεν υπήρχε περίπτωση να διαδηλώσει για χάρη τους... Σύντομα, η απουσία του θα γινόταν αντιληπτή.

Μα ήταν έτοιμος να αναλάβει την πλήρη ευθύνη των πράξεών του...

# Κεφάλαιο XIV

Πέρασαν περίπου δύο μήνες έτσι. Η απουσία του από την Ελλάδα είχε γίνει αντιληπτή, όμως κανένας δε γνώριζε πού ήταν. Αυτό ήταν παράλογο: δεν είχε καταγραφεί το όνομά του στα χαρτιά πτήσεων; Δεν τον είχε δει καμία κάμερα;

Δεν τα έψαχνε όμως αυτά. Ήταν χαρούμενος που ζούσε ελεύθερος, και, για πρώτη, ίσως, φορά στη ζωή του, εκτίμησε την ελευθερία. Χάρηκε στη σκέψη μιας ελεύθερης κοινωνίας.
"*Bonjour, monsieur*". Ακούστηκε μια φωνή. Ο Βενέδικτος γύρισε, για να δει μία νεαρή κοπέλα, που μοίραζε φυλλάδια.

Άπλωσε εύθυμα το χέρι της, και του έδωσε ένα. Εκείνος το πήρε, της χαμογέλασε, και ξεκίνησε να διαβάζει.

“Παρέλαση υπέρ των δικαιωμάτων τής ΛΟΑΤΚΙ+ κοινότητας. Ένα πολιτιστικό γεγονός, που χρηματοδοτείται από την Ελβετική κυβέρνηση”.
Σαν να το έκανε χωρίς να το καταλάβαινε, ο Βενέδικτος πήγε να το πετάξει, όμως πάγωσε. Ήταν όντως τόσο κακό;

Η κοπέλα είχε απομακρυνθεί, δεν υπήρχε περίπτωση να τον δει. Και όμως, δε θεώρησε πως ήταν κακό να αποδεχτεί, για πρώτη φορά, ότι οι άνθρωποι αυτοί τολμούν να παλεύουν για τα δικαιώματά τους.

Στην τελική, αυτός ήταν η αιτία που τους κυνηγούσαν σε όλον τον κόσμο. Δίπλωσε, λοιπόν, το φυλλάδιο, και το έβαλε σε μία τσέπη. Άρχισε, από τότε, να βγαίνει πιο συχνά βόλτες στο πάρκο.

Και, μάλιστα, την ημέρα τής παρέλασης, ήταν ένας από τους θεατές. Σιωπηλός, λέγοντας στον εαυτό του πως ήθελε απλά "να δει τι θα γίνει", χωρίς να εκφράσει κανενός είδους άποψη, απλά παρακολουθούσε...

Στις δεκατρείς Νοεμβρίου 2027, έγινε το αναπόφευκτο.
"Σήμερα, στις πέντε τα ξημερώματα, ο πρωθυπουργός τής Ελλάδας, απάντησε στο τηλεγράφημα του πρωθυπουργού τής Τουρκίας, ο οποίος απαιτούσε κομμάτι τού Αιγαίου πελάγους. Κάνοντας αναφορά στα λεγόμενα του Ιωάννη Μεταξά το 1940, είπε 'Λοιπόν, καθώς φαίνεται, έχωμεν πόλεμο'! Ο πόλεμος κηρύχθηκε επιτόπου, και πρόκειται για έναν πόλεμο με προϊστορία"...
Από εκεί και πέρα, όλοι οι ήχοι φάνταζαν βουητά.

Ο Βενέδικτος έμεινε ακίνητος, σαν είδε στον υπολογιστή του τα νέα. Τόσον καιρό, ήταν ένας εθνικιστής, ένας σοβινιστής. Πίστευε πως η Ελλάδα ήταν το ανώτατο κράτος. Τώρα, ένιωθε μονάχα μια αγάπη για την πατρίδα του. Την πολύ ταλαιπωρημένη και αδύναμη πατρίδα του, που επρόκειτο να γνωρίσει συντριβή, εάν δεν εμπλέκονταν άλλες χώρες.

Λόγω τής μεγάλης του ηλικίας, ο Βενέδικτος δεν καλέστηκε να συμμετέχει ενεργά στον πόλεμο. Κόντευε τα πενήντα πέντε έτη τής ζωής του, και δεν είχε πολλές δυνάμεις.

Σαν τα χτυπήματα να μην ήταν αρκετά, η κατάσταση χειροτέρευε και από άλλες απόψεις. Μέχρι την πρωτοχρονιά τού 2028, οι επιστήμονες είχαν επιστήσει την προσοχή των κυβερνήσεων στην υπερθέρμανση του πλανήτη επανειλημμένως.

Μέχρι τον Μάιο του 2028, η Ανταρκτική είχε πλέον εξαφανιστεί, και όλες οι παραθαλάσσιες περιοχές που ήταν κοντά της, εξαφανίστηκαν μαζί της. Τα προστατευόμενα, ζωικά είδη της εξαφανίστηκαν, και το οικοσύστημα κατέρρευσε.

Πρώτη φορά ο Βενέδικτος ένιωθε άσχημα για όλα τα ζώα που πέθαναν, για όλους τους πάγους που έλιωσαν, και όλους τους ανθρώπους, που έχασαν τα παραθαλάσσια σπίτια τους... Ή και τις ίδιες τις ζωές τους.

Το καλοκαίρι τής ίδιας χρονιάς, οι περιοχές στον Ισημερινό, δεν μπορούσαν να κατοικηθούν. Οι θερμοκρασίες έφταναν έως και πενήντα πέντε βαθμούς Κελσίου καθημερινά, καθιστώντας τήν ανθρώπινη ζωή εκεί δύσκολη.

Οι ακτιβιστές σε όλη τη γη, κάνουν ό,τι περνάει από το χέρι τους ώστε να ευαισθητοποιήσουν τις κυβερνήσεις. Ίσως, για άλλη μια φορά, όλες τους να συμφωνήσουν στο να προστατέψουν ό,τι έμεινε. Ή είναι, μήπως, πολύ αργά;

Το καλοκαίρι πέρασε αργά και βασανιστικά. Οι εξωτικοί προορισμοί που κάποτε έλκυαν πολύ κόσμο αυτή την εποχή, είχαν πτωχεύσει, και η παγκόσμια οικονομία κλονίστηκε. Οι ζέστες δεν έπαψαν, μέχρι και το πέρας των πρώτων δέκα ημερών τού Νοεμβρίου.

Όλα αυτά τα γεγονότα, είχαν τρομοκρατήσει τους πολίτες τού κόσμου. Για πρώτη φορά, τόσα πολλά άτομα, υποστήριζαν σε όλους τους φορείς

-τηλεοράσεις, ραδιόφωνα, Μέσα Μαζικής Ενημέρωσης, εφημερίδες- ότι η μόνη λύση, είναι η παγκοσμιοποίηση: ένα ενοποιημένο κράτος.

Οι φόβοι για άλλα εγκλήματα, συζητούνταν συνέχεια: θα αργούσαν να κάνουν εμφάνιση τα εγκλήματα θρησκείας και μισαλλοδοξίας, όταν ανατρέφεται το μίσος, ο πόλεμος, και όταν οι μεγαλύτερες δυνάμεις -Ηνωμένες Πολιτείες Αμερικής, Ρωσία- υποστηρίζουν μισαλλόδοξες και γενικότερα οπισθοδρομικές απόψεις;

Ο Βενέδικτος είχε αρχίσει πραγματικά να ανησυχεί. Και πλέον, δε φοβόταν να το παραδεχτεί: ήταν ένας από αυτούς, κάποτε. Μα το χρέωνε στο δυστύχημα που του στέρησε την κόρη και τη γυναίκα του. Του είχε στοιχίσει... Ίσως να μην ήθελε να μάθει πως άτυχοι άνθρωποι γίνονται πολλές φορές ακτιβιστές, και ότι ο πραγματικός θαυμασμός, είναι για αυτούς που δεν πτοούνται από το παρελθόν τους.

Ακόμη, βέβαια, δεν είχε τρελαθεί να γίνει προοδευτικός, όμως οι ρωγμές στην πανοπλία τής ηθικής του, όλο και πλήθαιναν.
"*Ομάδα φανατικών Χριστιανών στη Συρία, βάζουν φωτιά σε τζαμί*"... "*Μακελειό από Μουσουλμάνους στη Ρωσία*"... Και τα χειρότερα έρχονταν... Υπήρχε όμως ακόμη ελπίδα.
"*Στις οκτώ Νοεμβρίου, πρόκειται να διεξαχθούν οι προεδρικές εκλογές των Ηνωμένων Πολιτειών Αμερικής. Ύστερα από τη νίκη τού Ρεπουμπλικανικού κόμματος το 2024, οι Δημοκρατικοί δε θεωρούν τη πιθανότητα ήττας μηδαμινή. Ακόμη και μετά τις -αντικειμενικά θα έλεγε πλέον κανείς- μεγάλες καταστροφές που προξένησε η προεδρία τού Ντόναλντ*

*Τραμπ στο παγκόσμιο παρασκήνιο, θα ήταν εκπληκτικό εάν κάποιος από το ίδιο κόμμα εκλεγόταν. Ευτυχώς, όπως λένε, ο κύριος Τραμπ δεν μπορεί να επανεκλεγεί, διότι το Αμερικανικό σύνταγμα ορίζει το μέγιστο σε δύο θητείες*".
Δεν ήξερα αν στα μάτια τού Βενέδικτου αντανακλούνταν η ελπίδα ή η απαισιοδοξία.

Από τη μία αυτός ο "κλόουν", όπως τον αποκαλούσε πλέον, δε θα ξαναγινόταν πρόεδρος. Από την άλλη, είχε χάσει κάθε ελπίδα στον Αμερικανικό λαό, ύστερα από τις ψήφους τους, το 2024. Όμως, ο Βενέδικτος θα μάθαινε σύντομα, με τον χειρότερο τρόπο, πως δεν πρέπει ποτέ να λες "ποτέ"...

Δέκα ημέρες πριν τις εκλογές των ΗΠΑ, ο πρόεδρος Ντόναλντ Τραμπ, έκανε ό,τι περνούσε από το χέρι του, ώστε να μη χάσει την προεδρία. Σε ζωντανή μετάδοση σε όλον τον κόσμο, αναμεταδίδεται η ομιλία του:

*"Αγαπητοί Αμερικανοί πολίτες, γνωρίζω πως πολλά άσχημα, πολύ άσχημα, πράγματα, συμβαίνουν στη χώρα μας και στον κόσμο. Πόλεμοι, πολύ κακοί πόλεμοι, και γενικότερα, καταστροφές. Μέχρι σήμερα, έχω υπογράψει πάνω από χίλια διακόσια εκτελεστικά διατάγματα, κάθε ένα εκ των οποίων, εκτελούσε έναν σκοπό, έναν καλό και σόφρωνα σκοπό, για το καλό τής χώρας"...*

Αυτός ο άνθρωπος πραγματικά, δεν ξέρει να μιλάει στοχευμένα. Και όμως, παρόλο που ακόμη δεν είχε πει τίποτε, ο Βενέδικτος ένιωθε πως ερχόταν κάτι μεγάλο...

*"Θα κάνουμε την Αμερική και πάλι μεγάλη. Σήμερα, πριν από λίγες ώρες, υπέγραψα*

*το εκτελεστικό διάταγμα, που εξασφαλίζει την προεδρία μου εφ όρου ζωής*"...

Δεν άργησε να διακόψει μία δημοσιογράφος.

"Κύριε πρόεδρε, συγγνώμη για τη διακοπή, μα το Αμερικανικό Σύνταγμα, δεν το επιτρέπει. Σκοπεύετε να κάνετε αναθεώρησή του";

"*Όχι, σκοπεύω να το ακυρώσω, προκειμένου η Αμερική να εξασφαλίσει την παγκόσμια πρωτοκαθεδρία της, και —*"

"Δεν μπορείτε να ακυρώσετε το Σύνταγμα, αυτό είναι πραξικόπημα —"

"Και βέβαια μπορώ! Μάλιστα, μόλις το έκανα"!

# Κεφάλαιο XV

Τι να πει κανείς πέρα από "Αυτό ήταν"; Μπορούσε να γίνει καθόλου χειρότερο από αυτό; Και όμως... Μπορούσε...

Μερικές ημέρες μετά το σοκαριστικό γεγονός, δεν υπήρχε στιγμή που να μην έλεγε κανείς το όνομα του Αμερικανού Προέδρου. Όπως, όμως, είπε και ο Όσκαρ Ουάιλντ, το χειρότερο από το να μιλάνε άσχημα για εσένα, είναι να μη μιλάνε καθόλου για εσένα.
"Αυτό είναι αδύνατον"... Έλεγε και ξαναέλεγε κάθε ημέρα ο Βενέδικτος, μην μπορώντας να κατανοήσει και να πιστέψει τι είχε γίνει μόλις.

Σε μια πορεία διαμαρτυρίας που έλαβε μέρος στη Ζυρίχη στις δύο Δεκεμβρίου τού 2028, ο Βενέδικτος ήταν πρώτος. Το πρόσωπό του ταξίδεψε μέσω των Μέσων Μαζικής Ενημέρωσης σε όλον τον κόσμο, μέχρι που έφτασε και στην Ελλάδα.

Πλέον, όλοι γνώριζαν για τον μεγαλοεπιχειρηματία Βενέδικτο Βρέλη, ο οποίος είχε φύγει από τη χώρα του, και υποστήριζε χρηματικά κάθε διαμαρτυρία ενάντια στο πρόσωπο του προέδρου των ΗΠΑ.

Ίσως να ήταν η μόνη μορφή διαμαρτυρίας που συμπαθούσε. Όταν όμως θα καταλάβαινε πόσα μπορεί να προσφέρει ένας εύπορος που νοιάζεται, θα ήταν πολύ αργά...

Εντωμεταξύ, οι ΗΠΑ έγιναν ένα στρατόπεδο. Απαγορευόταν η είσοδος και η έξοδος, ακόμη και στους τουρίστες. Στις είκοσι δύο Δεκεμβρίου τού 2028, ο Αμερικανός Πρόεδρος μίλησε από τον

Λευκό Οίκο, σε απευθείας σύνδεση. Κάθε πολίτης τής υφηλίου, κρεμόταν από τα χείλη του.

"*Αγαπητοί Αμερικανοί πολίτες. Σας είχα υποσχεθεί πως η Αμερική θα γινόταν και πάλι μεγάλη. Και όμως, παρά τις τιτάνιες, τις πολύ μεγάλες και καλές μου προσπάθειες, με αποκαλούν 'Τύραννο', και με κατηγορούν για πραξικόπημα. Και όμως, αυτό δε σημαίνει τίποτε, διότι εγώ έχω κάτι που εσείς δεν έχετε επάνω στο γραφείο σας: ένα μεγάλο, κόκκινο κουμπί*"...

Ο Βενέδικτος το άκουσε αυτό, καθώς περπατούσε στον δρόμο, και σταμάτησε να δει τη μετάδοση στις γιγαντοοθόνες.

"Τι θα κάνει πάλι, ο τρελάρας";

"*Πριν λίγο, μάλιστα, μίλησα με τον πρόεδρο της Κίνας, και μου είπε πως αν δεν πάψω την εγκληματική συμπεριφορά, θα χρησιμοποιήσει το κόκκινό του κουμπί, κι εγώ του είπα: μάντεψε τι! Το δικό μου το κουμπί, είναι πιο μεγάλο, και πιο δυνατό από το δικό σου*"!

"Ωχ, όχι"...

"*Μετά από χρόνια ζηλοφθονίας προς τα επιτεύγματα των ΗΠΑ, η Κίνα βρήκε την αφορμή της για να μας πλήξει, και όμως, η Αμερική έγινε όπως ήταν και θα παραμείνει για πάντα: Μεγάλη*"!

Φήμες για τα σχέδια του προέδρου, βρίσκονταν σε κάθε γωνιά τού διαδικτύου. Και αυτός ήταν ο λόγος, που όλοι οι ιστότοποι, και όλες οι εφαρμογές που προσέφεραν επαφή με ιδέες από άλλους ανθρώπους, απαγορεύτηκαν στα Αμερικανικά εδάφη.

Και ανήμερα δεκαπέντε Αυγούστου 2029, ύστερα από πάρα πολλές συνομιλίες με προέδρους άλλων χωρών, ο πρόεδρος των Ηνωμένων Πολιτειών, κηρύττει πόλεμο στην Κίνα, και το δείχνει με την απώλεια τελεσίγραφου, και με μία πυρηνική επίθεση.

Τόσο μεγάλα κύματα ραδιενέργειας, δεν έχει δει ποτέ η ανθρωπότητα, εκατό φορές περισσότερα από αυτά στον βομβαρδισμό τού Ναγκασάκι και της Χιροσίμας, το 1945. Εκείνος ο βομβαρδισμός, είχε ονομαστεί "έγκλημα κατά τής ανθρωπότητας", και παρέμενε μέχρι τότε η μόνη χρήση πυρηνικών όπλων, σε πολεμική αντιπαράθεση.

Τετρακόσια εκατομμύρια άμαχοι έπεσαν νεκροί, συμπεριλαμβανομένου τού Κινέζου προέδρου, καθιστώντας αυτή την επίθεση, τη μακράν πιο δολοφονική στην ιστορία τής ανθρωπότητας. Φάνηκε να χρησιμοποιήθηκε μία νέα τεχνολογία, η οποία δεν είχε διαδοθεί εκτός τής Αμερικής, και η οποία προκάλεσε τον

φόβο στις άλλες μεγάλης δυνάμεις, με εξαίρεση τη Ρωσία, της οποίας ο πρόεδρος, είπε:
*"Ύστερα από συνεννόηση με τον Αμερικανό Πρόεδρο, δε θα κηρυχθεί πόλεμος στις ΗΠΑ, από δικής μας πλευράς"*.
Και πράγματι, αντί να ξεκινήσει πόλεμος, τερματίστηκε, με την ολοκληρωτική συντριβή τής Ουκρανίας.

Και όμως, πολλά εχθρικά μέτωπα ήταν ανοιχτά. Σε συνεργασία, οι Ευρωπαϊκές χώρες, μαζί με μερικές Αφρικανικές, μερικές Λατινοαμερικανικές, μερικές Ασιατικές και την Αυστραλία, κήρυξαν πόλεμο στις ΗΠΑ και τη Ρωσία, σηματοδοτώντας την αρχή τού Γ' Παγκομίου πολέμου.

Ο πόλεμος αυτός ήταν ο πιο τρομακτικός στην ιστορία. Όλοι ήλπιζαν ότι δε θα γίνονταν αυτά, ποτέ ξανά. Μα τώρα, ο εφιάλτης ξαναερχόταν στη ζωή. Και αυτό είναι λογικό: διότι όλοι ο πρόεδροι, είχαν κλειστεί σε υπόγεια καταφύγια, γελώντας όλο γηθοσύνη με τον μαζικό θάνατο των στρατιωτών.

Και, βέβαια, δεν άργησε να έρθει και η διαφθορά στις τράπεζες. Οι τραπεζίτες, μη θέλοντας να μείνουν άλλο σε Ελβετικά εδάφη λόγω τού πολέμου των γύρω κρατών, παρανόμησαν και άρχισαν να κατακλέβουν τα χρήματα, προκειμένου να φύγουν.

Και, βέβαια, η Ελβετία κράτησε μια ουδέτερη στάση. Μα για πόσο θα μπορούσε να το κάνει αυτό; Με το που ανακοινώθηκε ο πόλεμος, όλοι οι μεγαλοεπιχειρηματίες, έκαναν το ίδιο: έτρεξαν να σώσουν ό,τι σώζεται φοβισμένοι, μανιωδώς παίρνοντας όλα τα χρήματα από κάθε Ελβετική τράπεζα. Μα ήταν πολύ αργά...

Ο Βενέδικτος, ένας από αυτούς, έχασε όλα του τα χρήματα, εκτός από τρεις χιλιάδες Ελβετικά φράγκα, που φυλούσε για περίπτωση ανάγκης. Και τώρα που τίποτα πια δεν προστάτευε την Ελβετία, δε θα αργούσε η καταστροφή της...

Με την πρώτη πτήση, όλοι οι τραπεζίτες και οι επιχειρηματίες που δεν τα είχαν χάσει όλα, επιβιβάστηκαν, και τράπηκαν σε φυγή. Από τις δυόμισι χιλιάδες πτήσεις εκείνη την ημέρα, έφτασαν στα νησιά Φίτζι και τις Φιλιππίνες, μόλις δεκατρείς: οι άλλες έπεσαν, καθώς πετούσαν πάνω από εμπόλεμες ζώνες.

Ο Βενέδικτος, δεν είχε να πάει πουθενά. Αργά ή γρήγορα, είτε από μία βόμβα, είτε από την κλιματική αλλαγή, είτε από μία νέα πανδημία, είτε από κάποιον λιμό, περίμενε να βρει το τέλος του. Μαζί με όλους τούς αμάχους και τους στρατιώτες, που πέθαιναν κάθε λεπτό...

Και τώρα, μπροστά στην τεράστια καταστροφή, όλα τα παλιά φαίνονταν τόσο μικρά: Και τι αν ο άλλος είναι ομοφυλόφιλος; Και τι αν είναι αλλόθρησκος; Και τι αν είναι γυναίκα; Και τι αν είναι Αφρικανός; Και τι αν είναι ανάπηρος; Και τι αν είναι Εβραίος; Αυτές τι σκέψεις έκανε, και μετάνιωνε που δεν τις έκανε νωρίτερα... Μήπως τώρα, ήταν πολύ αργά για δάκρυα;

# Κεφάλαιο XVI

1 Σεπτεμβρίου 2029.

Σχεδόν δύο εβδομάδες από την κήρυξη του Τρίτου Παγκοσμίου πολέμου, το 12% τού παγκόσμιου πληθυσμού είχε πέσει νεκρό από βομβαρδισμούς και πολέμους, ενώ η κλιματική αλλαγή και τα φυσικά φαινόμενα που έφερε σαν αποτέλεσμα, στοίχισαν τη ζωή στο 1%. Ή αλλιώς, σχεδόν το ⅛ τού παγκόσμιου πληθυσμού, είχε αφανιστεί!

Ο διεθνής συνασπισμός, αποτελούμενος από εκατόν ογδόντα επτά χώρες, μαχόταν ενάντια στην πελώρια πυρηνική δύναμη των δύο συμμάχων: Ρωσία και Ηνωμένες Πολιτείες Αμερικής.

Ο Βενέδικτος, καθόταν σε έναν λόφο, και κοιτούσε το ηλιοβασίλεμα. Δεν τον ένοιαζε καθόλου η εντολή από την πρωθυπουργό όλοι οι κάτοικοι της Ελβετίας να τρέξουν στα υπόγεια καταφύγια ή να μείνουν σπίτια τους: εκείνος καθόταν επάνω σε έναν λόφο τής Βέρνης, και απολάμβανε ένα από τα τελευταία του, όπως πίστευε, ηλιοβασιλέματα.

Όσοι είχαν κρυφτεί στα καταφύγια, δε βγήκαν ποτέ: η είσοδος σφραγίστηκε για πάντα, και κανένας δεν ξέρει τι απέγιναν, αν τους βρήκαν οι εχθροί, ή αν εγκλωβίστηκαν και πέθαναν.

Ξάφνου, άκουσε κάποιον άνθρωπο να τρέχει φωνάζοντας. Γύρισε το κεφάλι του, και είδε έναν ηλικιωμένο άνδρα να τρέχει γύρω-γύρω στον λόφο, φωνάζοντας φοβισμένος:
"*Ils sont là! Ils sont là*"!

"Please, relax, my friend"!

"*Ils sont là! Ils sont là*"!

"Tell me, what is going on"?

"*Ils sont là! Ils sont là*"!

Ο άνδρας πήρε τον Βενέδικτο από το μπράτσο, και τον τράβηξε στην άκρη τού λόφου, δείχνοντας κάτω.

Ο Βενέδικτος έμεινε ακίνητος, σαν είδε μια ντουζίνα τανκ και μια στρατιά από οπλισμένους άνδρες, να εισβάλλουν στη Βέρνη. Ξάφνου, το βουητό των αεροπλάνων πάνω από το κεφάλι του, διέκοψε τις σκέψεις του.

Ο άνδρας άρχισε να τρέχει τρομαγμένος, και χάθηκε πίσω από τον λόφο. Ο Βενέδικτος, μετά από λίγη σκέψη και ένα μεγάλο σοκ, παραπάτησε προς τα πίσω, και άρχισε να τρέχει. Δε σταμάτησε, όσες εκρήξεις και αν άκουσε, συνέχισε ακάθεκτος.

Έτρεχε για τη ζωή του. Αλλά, αλήθεια, είχε τίποτε να χάσει; Έτρεχε όμως, μέχρι που έφτασε στο κοινοβούλιο.

Σαν έτρεχε μόνος του, στην έρημη πόλη, είδε μπροστά του μια γυναίκα. Την ήξερε: ήταν η πρωθυπουργός τής Ελβετίας.
"Have you been —", ξεκίνησε να μιλάει ο Βενέδικτος, μέχρι που εκείνη γύρισε, με ένα όπλο στο χέρι της.

Έμειναν να κοιτάζονται.
"It is over"... Είπε εκείνη, κοιτάζοντας γύρω βουρκωμένη.
Έφερε αργά το όπλο στο κεφάλι.
"No, Switzerland needs you —"

Μπαμ!

Η πρωθυπουργός έπεσε νεκρή. Αυτό ήταν. Η κυβέρνηση θα έπεφτε από στιγμή σε στιγμή, καθώς τα Ρωσικά στρατεύματα θα έφταναν στο κοινοβούλιο της πρωτεύουσας.

Έτρεξε για άλλη μια φορά. Δεν ήξερε ακριβώς για πού...

3 Ιανουαρίου 2030.

Ο Βενέδικτος έσπρωξε την ξύλινη πόρτα τής βομβαρδισμένης οικείας, και σύρθηκε μέχρι τον καναπέ, όπου ξάπλωσε ήρεμος.

Σιωπή. Άρπαξε το τηλεχειριστήριο, και βάλθηκε να ανοίξει την τηλεόραση, μα δεν έγινε τίποτε. Ήταν εκπληκτικό το πώς η τηλεόραση ήταν το μόνο πλήρως άθικτο αντικείμενο στο σπίτι.

Και πάλι, όμως. Δε δούλευε. Πήγε κοντά της, τη βάρεσε λίγο στο πάνω μέρος, κούνησε λίγο την κεραία, κι έπιασε σήμα,

στο μοναδικό κανάλι: ένα κανάλι αφιερωμένο στο να μεταδίδει τα νέα από όλον τον κόσμο, παρά τις αντίξοες συνθήκες.
"*Τα μέτωπα πολέμου είναι ακόμη ανοιχτά. Πέρα από τον Παγκόσμιο Πόλεμο, ο οποίος κηρύχθηκε πριν από μερικούς μήνες, υπάρχουν άλλα δέκα ανοικτά μέτωπα σε Αφρική και Ασία, που οδηγούνται από θρησκευτικά, κυρίως, κίνητρα*".

Ο Βενέδικτος άκουσε προσεκτικά τη λίστα με τα μέτωπα. Να ένα καινούργιο: θα άρχισαν τα πυρά πρόσφατα. Τράβηξε έναν παγκόσμιο χάρτη, και σημάδεψε κάτι με έναν κόκκινο μαρκαδόρο.
"Γιατί είναι τόσο δύσκολο";... Απόρησε μονάχος.

Έκανε λίγο με το χέρι του στο αριστερό του πλευρό, και ακούμπησε μια πληγή που είχε. Έπρεπε να την αποστειρώσει. Είχε τη δύναμη να συρθεί ως το ντουλάπι, να πάρει το οινόπνευμα;

Πλέον δεν υπήρχε μπάνιο ή κουζίνα. Ήταν όλα σε ένα δωμάτιο -ό,τι είχε απομείνει από αυτό, δηλαδή. Οι τοίχοι δε στέκονταν αλώβητοι, και τίποτε δεν ήταν ασφαλές. Όλα έτριζαν, και φιλοξενούσαν ποντίκια και σαύρες... Όσα είχαν επιβιώσει.

Σηκώθηκε αργά, με τη βοήθεια μιας μαγκούρας που είχε δίπλα. Αυτοί οι αστυφύλακες, πραγματικά δεν τον λυπήθηκαν καθόλου. Με δυσκολία, έφτασε ως το ντουλάπι, έβγαλε το οινόπνευμα, και έριξε λίγο στην πληγή του.
"*Οι λιγοστοί επιστήμονες που συνεχίζουν την έρευνα ακόμη και σε αυτές τις συνθήκες, φαίνεται να έχουν συνεργαστεί, και να έχουν υποψίες για την εμφάνιση*

*ενός νέου ιού, που φαίνεται να ωθεί τούς ξενιστές σε τάσεις κανιβαλισμού*".
"Υπάρχει κάποιο χτύπημα που δε θα δεχτεί η ανθρωπότητα"; Μονολόγησε.

Είχε ακόμη στο συρτάρι φυλαγμένα χίλια φράγκα.
"Άθλια παλιόχαρτα"... Μουρμούρισε. "Σε τι χρησιμεύετε, μου λέτε; Όλο φθόνο προξενείτε".
Άρπαξε το τσουβάλι με τα χρήματα.
"Τι να σας κάνω; Νομίζετε θέλω εγώ να κρέμομαι από εσάς; Να πάτε στον διάολο"!
Τα έριξε στο έδαφος, πήρε ένα σπίρτο, το άναψε, και το πέταξε επάνω, θέλοντας να δει την πηγή των προβλημάτων του παραδομένη στις φλόγες.

Μερικά δευτερόλεπτα αργότερα, κατάλαβε πως δεν μπορούσε να κάνει τίποτε δίχως αυτά, και βάλθηκε να σβήσει τη φωτιά με τα πόδια του.

“Αναθεματισμένα”... Μουρμούρισε ξανά. “Τι να κάνω”; Σωριάστηκε στον καναπέ, περιμένοντας να δει αν θα ξυπνήσει την επόμενη, ή αν θα ηρεμήσει επιτέλους. Δεν μπορούσε όμως να κλείσει μάτι. Ένιωθε πως εκδήλωνε μια απραγία. “Δεν πάει στον διάολο; Θα βγω”. Πήρε το πανωφόρι του, και έφυγε στους δρόμους.

Στον ουρανό μια πορτοκαλί-καφέ σκόνη, και στον ορίζοντα ούτε ένα δέντρο. Όλο το τοπίο χτυπημένο, βομβαρδισμένο.

Ξεκίνησε να κατηφορίζει τον δρόμο, φωνάζοντας συνθήματα ελευθερίας. Ξάφνου, βλέπει μπροστά του ένα χτυπημένο ζώο, έναν σκύλο, να περνάει από τη μία άκρη τού δρόμου στην άλλη. “Μορφή ζωής”... Είπε σιγανά.

Μπαμ!

Ο σκύλος έβγαλε δυο επιφωνήματα, και έπεσε νεκρός. Ένας άνδρας σκελετωμένος πετάχτηκε από τις σκιές, και έτρεξε στον δρόμο, γονατίζοντας με ένα μαχαίρι δίπλα από το σκυλί.
"Τι κάνεις, άνθρωπε"; Ρώτησε ο Βενέδικτος φωνάζοντας.
Ο άνδρας γύρισε, μα δεν είπε τίποτε: γύρισε, και άρχισε να ψάχνει για λίγη σάρκα, να φάει.
"Άσε το σκυλί"! Φώναξε μανιασμένα ο Βενέδικτος, και άρχισε να τρέχει προς τα εκεί, ώσπου άκουσε έναν ήχο.

Γύρισε, και είδε ένα τανκ να κατευθύνεται προς τον άνδρα, που είχε πέσει μανιασμένα επάνω στο ζώο.
"Κάνε άκρη, φίλε μου"! Φώναξε, μα εκείνος δε νοιάστηκε.

Σε μερικά δευτερόλεπτα, το Ρωσικό τανκ είχε καταπλακώσει άνδρα και σκύλο. Ο

Βενέδικτος κρύφτηκε σε ένα στενό, περιμένοντας να περάσει.

Ξάφνου, αποφάσισε πως δεν έπρεπε να κρύβεται άλλο. Πετάχτηκε στον δρόμο, και στάθηκε με τα χέρια ορθάνοιχτα μπροστά στο τανκ.

Εκείνο πλησίαζε απειλητικά, μα ο Βενέδικτος δεν κουνήθηκε καθόλου. Έκλεισε τα μάτια, και ετοιμάστηκε. "Άντε, λοιπόν, τύραννοι! Κάντε με χαλκομανία"!
Το τανκ σταμάτησε την κίνησή του, και κατέβηκαν δύο στρατιώτες γελώντας.

Ένας τους σημάδεψε τον Βενέδικτο με το όπλο, μα εκείνος τον κοίταξε κατάματα. Εν τέλει, του έδωσε μια σπρωξιά για να κάνει χώρο, και γελώντας μπήκαν πάλι μέσα, και συνέχισαν.

# Κεφάλαιο XVII

Από εκείνη την ημέρα, ο Βενέδικτος πήγαινε έξω κάθε ημέρα, χωρίς να φοβάται τον θάνατο. Στεκόταν ορθός και αγέρωχος μπροστά σε στρατιώτες και σε τανκ, φωνάζοντας συνθήματα ελευθερίας.

Ως δια μαγείας, κανένας από τους στρατιώτες δεν τον σκότωσε, αν και είχαν όλοι την ευκαιρία. Σε μαζικές διαδηλώσεις που διεξάγονταν μία φορά στο τόσο, πολλά άτομα έπεφταν νεκρά από τα πυρά, και ο Βενέδικτος έφτασε κοντά στον θάνατο πολλές φορές.

Το κίνητρο για όλα, είναι το χρήμα. Οι πρόεδροι και οι μεγάλοι ηγέτες, οι ηθικοί -δηλαδή- αυτουργοί των μαζικών εγκλημάτων πολέμου, βρίσκονται ασφαλείς είτε σε υπόγειες στοές, είτε σε εξωτικούς, επίγειους παραδείσους.

Η μόνη λύση, ήταν η ενοποίηση των πολλών, για την κατάρριψη των λίγων. Μονάχα αν οι πολλοί καταλάβαιναν τι εκπληκτική δύναμη κρατούν στο χέρι τους: ένας είναι αυτός που διατάζει, και πλήρως αδύναμος, αν κανείς δεν ακολουθεί τις εντολές του.

Μπροστά από στρατόπεδα, έξω από κοινοβούλια, σε όλον τον κόσμο, οι αδύναμοι προσπαθούσαν να πείσουν τους στρατιώτες ότι η τυραννική εξουσία των ηγετών μπορούσε να πνιγεί.

Στις πιο αδύναμες χώρες, ο στρατός φαινόταν να ακούει τις φωνές. Ή τουλάχιστον... η πλειοψηφία αυτού. Στις περιοχές με λιγότερο στρατό, μεγάλα ποσοστά του στρέφονταν ενάντια στον υπόλοιπο. Και, έτσι, έχοντας το όπλο τού αιφνιδιασμού, οι επαναστάσεις έπιαναν τόπο.

Με αυτόν τον τρόπο, δύο μέτωπα πολέμου έκλεισαν: ένα στην Αφρική και ένα στην Ασία, ύστερα από την υπογραφή συμβολαίων ειρήνης. Αυτό άναψε μια σπίθα ελπίδας μέσα στις καρδιές των φτωχών και των αδυνάμων, μα όλοι το ήξεραν: ο κίνδυνος ήταν εμφανής.

Δεν ήταν οι μικρές χώρες που μάχονται, ούτε και οι λιγοστοί στρατιώτες που στρέφονται ενάντια στους λοχίες τους. Αλλά είναι αυτή η κουτοπονηριά τού ανθρώπου, που δε λογαριάζει τίποτε. Και που σύντομα θα καταβρόχθιζε τα πάντα επάνω στην υφήλιο. Και κανένας δεν επρόκειτο να τα καταφέρει.

Το καλοκαίρι τού 2030, ήταν ανυπόφορο. Η τρομερή ζέστη έγινε ο φονιάς πολλών αθώων, σε περιοχές επάνω ή κοντά στον Ισημερινό: και άρχισε να πλήττει και βορειότερες περιοχές, όπως ήταν η Ελβετία.

Οι άνθρωποι που δεν είχαν πού να μείνουν, καλύπτονταν με τσακισμένες λαμαρίνες, φορούσαν σκισμένα πανιά γύρω απ' τα σώματά τους, επιζητώντας μια στιγμή ηρεμίας, μια στιγμή που ούτε ο θάνατος, ούτε και η αντιξοότητα θα τους κυνηγάει.

Και όταν την έβρισκαν τούτη τη θεία, αυτή τη χρυσή τη νηνεμία, τότε ένιωθαν πως πεθάνανε και πήγαν στον παράδεισο, πριν να ακούσουν τις σειρήνες, και να θυμηθούν πως η κόλαση υπάρχει, και τη φτιάχνει ο άνθρωπος.

1 Σεπτεμβρίου 2031.

Οι ομάδες επιστημόνων από όλη τη γη, συνασπίζονται σε αυτόνομες και ασφαλείς περιοχές. Τα μεγαλύτερα μυαλά τού κόσμου, από όλες τις εθνικότητες, ενώνουν δυνάμεις για την καταπολέμηση του ιού, της έχθρας και της κλιματικής αλλαγής.

Σταθερά, μετέδιδαν μηνύματα ελπίδας σε όλον τον κόσμο, παρουσιάζοντας κάθε σπιθαμή ελπιδοφόρας εύρεσης, σα να είχαν ανακαλύψει τρόπο να κατακτήσουν τον γαλαξία.

Κανείς δεν τα έχαφτε αυτά όμως. Και αν κανείς το έκανε, ήτανε επειδή είχε την ανάγκη: επειδή ήθελε να ελπίσει, και ας κοιμόταν δίπλα στο νεκρό παιδί του. *"Συνάνθρωποί μας. Το έργο μας συνεχίζει ακάθεκτα, και δε λυγίζει σε όποια δυσκολία. Παρά τα μεγαλόπνοα ιμπεριαλιστικά σχέδια των λίγων, εμείς θα βρούμε μαζί τη λύση, και θα φτάσουμε ως τον Άρη, αν χρειαστεί να εγκαταλείψουμε αυτήν την κόλαση, που πάνε να μας πείσουν ότι εμείς προξενήσαμε*".

Τέτοια, και άλλα τέτοια. Μα πάντοτε υπάρχουν οι αναποδιές, και αυτές είναι που δεν πρέπει ποτέ να αποκαλύψεις σε κάποιον απελπισμένο. Απ' την άλλη, κατά πόσον είναι ηθική η απόκρυψη τόσο σημαντικών πληροφοριών;

Οι επιστήμονες βρίσκονταν σε διχασμό. Ένας μόνος του, ωστόσο, δε δέχτηκε να διαπραγματευτεί, και μίλησε ανοιχτά: "*Πέραν των αισχρών που εμείς ποιήσαμε, ο Θεός θέλει και άλλο την τιμωρία μας. Διαστημικό σώμα, ήτοι κομήτης, μεγέθους μιας πόλης, κατευθύνεται γοργώς προς τη γη. Σε περίπτωση συντριβής, η απώλειες θα είναι τραγικότατες".*

Η αντίδραση του κόσμου δεν ήταν καθόλου ήρεμη: του κόσμου, δηλαδή, που είχε ακόμη πρόσβαση σε κάποιου είδους ηλεκτρονική συσκευή, και δε νοιαζόταν μονάχα για το αν θα ξυπνήσει την επόμενη ημέρα.

1 Νοεμβρίου 2032.

*"Αγαπητοί πολίτες τής γης! Με χαρά σάς ανακοινώνουμε ότι ο Παγκόσμιος Συνασπισμός Επιστημόνων, κατόρθωσε να αλλάξει τη φορά τού κομήτη, στέλνοντας διαστημόπλοια που συνετρίβησαν με αυτόν. Το κόστος για αυτήν την επιχείρηση ήταν τεράστιο, όμως άξιζε να δαπανηθεί, ώστε να προστατευθούν οι συμπολίτες*

*μας, διότι εδώ και μερικά χρόνια, είμαστε όλοι μαζί ένα*"!
Εκπληκτικό. Το ανθρώπινο είδος κατάφερε να σώσει τον πλανήτη του από μία τόσο μεγάλη, επερχόμενη καταστροφή. Ίσως, τελικά, να μη χάθηκε ακόμη η ελπίδα!

Κατά τη διάρκεια όλου τού Νοεμβρίου, η ατμόσφαιρα ήταν χαρούμενη. Σωστά, λένε, πως ο άνθρωπος θα βρίσκει τον τρόπο να διασκεδάζει, ακόμη και στις πιο αντίξοες συνθήκες.

22 Δεκεμβρίου 2032.

Ένα πεφταστέρι στον νυχτερινό ουρανό. Όποιος το είδε έκανε την ίδια ευχή: το ίδιο όνειρο μοιράζονταν όλοι. Να πάψει αυτός ο αλληλοσπαραγμός, να μονιάσει το ανθρώπινο είδος.

Μα αυτό το πεφταστέρι, ήταν φορέας αισχρών μαντάτων: έχοντας μια πύρινη φλόγα σαν ουρά μέσα στης Γης την ατμόσφαιρα, το πεφταστέρι αποκάλυψε τον πραγματικό του εαυτό: ήταν ένας πελώριος κομήτης, που όδευε με ιλιγγιώδη ταχύτητα προς τη Γη.

Η σύγκρουση ήταν γιγαντιαία: ο κομήτης συνετρίβη με τις νοτιότερες περιοχές τού Τσαντ, δημιουργώντας σεισμούς και ενεργειακά κύματα, που εν τέλει πήραν τη ζωή επτακοσίων εκατομμυρίων κατοίκων τής Αφρικανικής Ηπείρου.

Κανείς ποτέ δε θα μιλούσε για αυτό: ο Βενέδικτος χρειάστηκε να καταλάβει μόνος του πως αυτό το πεφταστέρι ήταν κομήτης, και μάλιστα τόσο μεγάλος, που οι σεισμοί έγιναν αισθητοί στην Ελβετία. Αυτοί οι επιστήμονες, δεν έψαχναν τρόπο να αλλάξουν την τροχιά τού κομήτη, έψαχναν που έπρεπε να μετακομίσουν, ώστε να μην τους επηρεάσει η πτώση του.

“Και βέβαια”... Μουρμούρισε ο Βενέδικτος. “Ποιος θα νοιαστεί για τους κατοίκους τής πιο φτωχής Ηπείρου; Μα, τι λέω... Κι εγώ ένας από αυτούς δεν ήμουν κάποτε”; Αυτό ήταν παράλογο: για ποιον λόγο να μην τον αποτρέψουν; Για να πάρουν τα χρήματα και να φύγουν; Και πού να τα ξοδέψουν; Σάμπως το χρήμα έχει καμία σημασία, σε έναν κόσμο που καταρρέει;

Ποιος θα ήθελε σε αυτό το χάος να φέρει στη ζωή παιδί; Πόσοι ακόμη παίρνουν την ίδια τους τη ζωή, και πόσοι δολοφονούνται; Πόσοι πεθαίνουν από πολέμους, ιούς, κομήτες; Και έτσι, ο πληθυσμός τής Γης άρχισε να μειώνεται...

# Κεφάλαιο XVIII

Ξάφνου, κατάμαυρη σκόνη υψώνεται στην ατμόσφαιρα, και θαρρείς πως ο ήλιος καλύπτεται ολοκληρωτικά: βαθύ έρεβος πέφτει επάνω στη Γη, τα λιγοστά φώτα τού δρόμου που έχουν μείνει όρθια, είναι τα μόνα που οδηγούν τον κόσμο.

Σε όλη την επιφάνεια της Γης, οι συνθήκες χειροτερεύουν δραματικά: η σκόνη αυτή έχει βυθίσει τη γη στο σκότος, και αυτό δε διορθώνεται με τίποτε.
"*Ομολογώ, δεν μπορώ άλλο· οι τύψεις με βαραίνουν, θα μιλήσω*". Ο ίδιος επιστήμονας που είχε πρωτοπεί για τον κομήτη, μιλούσε και πάλι μόνος του στην τηλεόραση.
"*Ξέραμε για τον κομήτη, μα δε δεχτήκαμε να σπαταλήσουμε χρήματα για τούτο:*

*ήταν πολλά χρήματα, και καλύτερα να τα κρατούσαμε για εμάς*".
Αυτό δε βγάζει κανένα απολύτως νόημα: πού να τα χρησιμοποιήσουν; Πώς θα μπορούσε αυτή η επιχείρηση να κοστίσει χρήματα; Πουλούσε κανείς πυραύλους; Ή, γενικά, πώς καλύφθηκαν όλα τα άλλα, παράπλευρα κόστη; Αφού ο κόσμος δεν μπορεί ούτε να σταθεί στα πόδια του!

Ήταν ξεκάθαρο: οι εύποροι, οι οποίοι είχαν ενημερωθεί για τον πόλεμο νωρίτερα, μπόρεσαν να φύγουν και να οργανώσουν αποικίες σε απομακρυσμένα νησιά, όπου ακόμη δούλευε το χρηματοοικονομικό σύστημα.

Φαινόταν ακραίο, μα δεν υπήρχε άλλη λογική εξήγηση: ποιος θα ήταν τόσο αναίσθητος, ώστε να μη νοιάζεται για τους ανθρώπους που πεθαίνουν συνέχεια, αλλά ακόμη πουλάει και αγοράζει αγαθά;

Σε έναν κόσμο όπου οι σκελετωμένοι άνθρωποι σέρνονται να βρουν να φάνε, η Υψηλή Κοινωνία βάφεται με πανάκριβη ψιμυθίωση, πουλάει και αγοράζει αρώματα, και ντύνεται με γούνες και λουστρίνια.

Ο επιστήμονας, ο οποίος δεν μπορούσε να αντέξει τις ενοχές, είχε σκοπό να τα πει όλα:

"*Συγγνώμη, και ξανά συγγνώμη που συμφώνησα, μα κανένας δεν αρνήθηκε. Εγώ όμως, μπόρεσα να πάρω εκδίκηση*".

"Πώς; Εκδίκηση; Χωράει εγωισμός πουθενά; Εκδίκηση; Καλύτερα να χρησιμοποιούσες την εξυπνάδα σου για να βρεις τρόπο να διώξεις τον κομήτη, παρά για να πάρεις εκδίκηση"! Φώναζε ο Βενέδικτος.

"*Απέκρυψα σημαντικότατες πληροφορίες για την τροχιά και την ταχύτητα του κομήτη, και, ως αποτέλεσμα, η σκόνη που υψώθηκε, δεν αναμενόταν*"...

Ο Βενέδικτος είχε βάλει στο στόμα και τη μύτη του ένα μαντήλι, και πάλευε να αναπνεύσει.

"*Έτσι, όλοι οι επιστήμονες και οι πλούσιοι θα βρουν τραγικό τέλος, διότι φρόντισα να εξαφανιστούν όλες οι μάσκες οξυγόνου που είχαν για περίπτωση ανάγκης. Σε όλες τις πρωτεύουσες, υπήρχε μία αποθήκη με τέτοιες μάσκες. Πριν φύγουν, οι επιστήμονες και οι εύποροι τις πήραν μαζί τους, όμως μπορεί να έμειναν κάποιες πίσω. Ψάξτε να τις βρείτε, έχετε ακόμη μια ελπίδα... Η Γη σύντομα θα εγκαταλειφθεί από τους πλούσιους -όσους βρουν τρόπο να επιζήσουν, θα ταξιδέψουν σε κατοικήσιμες ζώνες στον Άρη. Καλή σας επιτυχία. Εγώ τέλειωσα με ό,τι είχα να κάνω... Πρόδωσα την επιστήμη, δε δημιουργήθηκε γι' αυτό"...* Και με μία κίνηση, έκοψε την καρωτίδα του με ένα μαχαίρι, βάζοντας δημόσια τέλος στη ζωή του.

Αυτό ήταν κάποιου είδους παιχνίδι; Πόσο εύκολα μονάχα ένας άνθρωπος, μπορεί να αποφασίσει για τόσους άλλους... Πώς, επειδή δύο πλούσιοι έχουν μεταξύ τους διαμάχη, όλη η ανθρωπότητα πρέπει να πεθάνει...

Άρπαξε το παλτό του, και ξεκίνησε τον δρόμο προς την αποθήκη. Δεν ήξερε ακριβώς πού ήταν, μα θα την έβρισκε. Το ένιωθε. Στην πορεία του προς τα εκεί, θα πρέπει να είδε πάνω από είκοσι πτώματα.

Έφτασε, σε λίγο, κάνοντας πολύ μεγάλο κόπο για να πάρει μερικές ανάσες, σε μία περιφραγμένη έκταση. Στα ψηλά συρματοπλέγματα, κάποιος είχε ανοίξει μια τρύπα. Τα κομμένα σύρματα θα του είχαν κόψει λίγο τη σάρκα, καθώς πάνω τους έβλεπες να στάζει το αίμα.

Ο Βενέδικτος πέρασε από την τρύπα με λίγη δυσκολία: ήταν και αυτός πολύ αδύνατος, μα όχι τόσο σκελετωμένος. Σε λίγα μέτρα, έφτασε σε ένα ερειπωμένο κτίριο.

Μπαίνοντας μέσα, είδε πολλές μάσκες οξυγόνου σπασμένες και χαλασμένες. Πόσοι αθώοι θα μπορούσαν να σωθούν... Άκουσε στο βάθος έναν θόρυβο, και είδε ένα παιδί να φοράει μία μάσκα.

Δε θα ήταν πάνω από δεκαπέντε χρονών, και το δέρμα του είχε κολλήσει απάνω στα κόκαλά του, ένιωθες σα να έβλεπες απλά έναν σκελετό. Τα χέρια του ήταν ανατριχιαστικά λεπτά, και τα μόνα ρούχα

που φορούσε, ήταν κάτι σκισμένα κουρέλια: σχεδόν γυμνό.
Σε κάποιο σημείο, γύρισε να δει τον Βενέδικτο. Με το που συναντήθηκαν οι ματιές τους, εκείνο άρχισε να τρέχει προς το μέρος του, μα, στα μισά, επιβράδυνε σημαντικά.
"*Είμαι εδώ*"! Φώναξε ο Βενέδικτος, αφαιρώντας για λίγο το πανί.

Το παιδί άπλωσε το χέρι του, έκανε μερικά βήματα, και έπεσε κάτω νεκρό. Ο Βενέδικτος πλησίασε αργά το σώμα του, σκουντώντας το στον ώμο. Τίποτα. Αργά, αφαίρεσε τη μάσκα του, και είδε το πρόσωπό του: ταλαιπωρημένο, σε μερικά σημεία φαινόταν καθαρά το κόκαλο. Τα μάτια του ορθάνοιχτα, μουντά.

Αφού φόρεσε τη μάσκα, και μπόρεσε να αναπνεύσει κανονικά, ο Βενέδικτος έκλεισε τα μάτια τού παιδιού, και μετέφερε τη σορό του μέχρι έξω, όπου το έθαψε με τα χέρια του, κάτω από το χώμα. Δεν είχε ανατριχιάσει ξανά στη ζωή του.

Πήρε τον δρόμο τής επιστροφής... Μην ξέροντας αν άξιζε να ζήσει άλλο έτσι... "Αχ, Θεέ", μονολόγησε, "γιατί τα αφήνεις όλα αυτά να συμβούν; Προς τι βασανίζεις αθώα παιδιά, προς τι τα αφήνεις να πεθάνουν από την ασιτία; Γιατί να κλαίνε οι μάνες, γιατί οι πλούσιοι να ζουν σε χλιδάτα σπίτια, ενώ εμείς εδώ, παίζουμε παρτίδες με τον θάνατο; Μας αγαπάς;

Μας αγάπησες ποτέ; Είσαι τόσο στοργικός όσο λένε; Αν είσαι, ποιος είναι ο λόγος που διδάσκεις μέσα στις Ιερές Σου τις Γραφές να μισούμε τον αλλόθρησκο, τον άθεο, τον ομοφυλόφιλο, και όλους τούς άλλους; Υπάρχεις; Είσαι εκεί πάνω, να ακούσεις τι επικλήσεις μου;

Χαράμισα μια ζωή, πιστεύοντας σε Εσένα, χρησιμοποιώντας Σε για να παρηγορώ τον εαυτό μου, που ήμουν ένα μιαρό κάθαρμα. Δε σε ήθελα για υποστήριξη, όχι, ούτε και για στήριγμα. Σε ήθελα να είσαι εκεί, και στο όνομά σου να κάνω τα εγκλήματα.

Ίσως, τελικά, να είχαν δίκιο: ίσως ο οπισθοδρομισμός να πηγάζει από τέτοιες προαιώνιες πεποιθήσεις... Ίσως, απ' την άλλη, να είναι στο αίμα τού καθενός τι θα υποστηρίξει και τι όχι, ανεξάρτητα από αυτό που θα τον ταΐσουν οι άλλοι. Ίσως, πάλι, να είναι ένα κράμα και των δύο.

Είσαι εκεί, να λυπηθείς με τα χάλια των τέκνων Σου; Γιατί να υποφέρουμε έτσι, δίχως να φταίξαμε σε κάτι; Και εγώ, καλά, που ήμουν ανάξιος, προς τι τα βάσανα τόσων άλλων αθώων; Γιατί δεν ήρθες ποτέ να μου διδάξεις πως αδελφοσύνη είναι να αγαπάς χωρίς διακρίσεις, ανεξάρτητα από όσα γράφονται στην Ιερή Σου τη Βίβλο; Προς τι όλα αυτά, ε; Πρόκειται ποτέ να πάρω μία απάντηση, ή είναι όλα ένα άσκοπο ταξίδι;

Να πεθάνω, ή να ζήσω; Να βοηθήσω τον συνάνθρωπο, ή όχι; Δεν ξέρω τι να κάνω, έχω χαθεί: μα θα το παραδεχτώ, γιατί το ξέρω καλά: Είμαι ολομόναχος"...

# Κεφάλαιο XIX

Πώς γίνεται, ύστερα από όλες τις καταστροφές που συνάντησε το ανθρώπινο είδος, να μην υπάρχει αγάπη για τον συνάνθρωπο; Η Γη δεν μπορεί να υποστηρίξει την ανθρώπινη ζωή, και αυτοί που έχουν τα χρήματα, θα εξαγοράσουν ανάλογα αυτούς που έχουν τούς πόρους, ώστε να φύγουν από αυτή.

Την ίδια στιγμή, οι στρατοί τους μάχονται μεταξύ τους για κομμάτια τής ίδια γης που δεν μπορεί να αντέξει τούς ίδιους τούς στρατούς. Θα ξυπνήσουν ποτέ οι στρατιώτες; Ακόμη και αυτοί που υπηρετούν τις υπερδυνάμεις, θα ξυπνήσουν ποτέ;

Τώρα ο ένας παλεύει για να πάρει τη ζωή τού άλλου σε χαρακώματα, με μάσκες οξυγόνου -όσοι βρήκαν, δίχως να καταλαβαίνουν πόσο άσκοπο είναι όλο αυτό. Ίσως, από την άλλη, απλά να μη θέλουν να σκέφτονται πόσο μηδαμινής αξίας είναι οι ζωές τους. Ή, πάλι, να νιώθουν ηθικοί, πως πεθαίνουν για έναν λόγο: μαχόμενοι για την πατρίδα τους.

"Δεν το βλέπετε"; Φώναξε ο Βενέδικτος, σαν άρχισε να περπατάει με τη μάσκα του στον δρόμο. "Με ακούει κανείς"; Έβγαζε πού και πού τη μάσκα του, να ακουστεί. "Δε βλέπετε πως θα μείνετε να παλεύετε μόνοι";
Έπαψε για λίγο. Άκουσε στο βάθος πυροβολισμούς. Ύστερα, έβαλε μια ανατριχιαστική κραυγή:
"Πάψτε, μωρέ"! Μα πού να ακουστεί...

Οι πυροβολισμοί έπαψαν ύστερα από λίγο. Ήταν αδύνατον να καταλάβεις αν αυτό που ακουγόταν ήταν πυρά από μάχη ανάμεσα σε κράτη, ή από μάχη τοπική, ανάμεσα σε συμμορίες, που πάλευαν για λίγη γη.

Είχε δει, μερικές φορές, οχήματα με οπλισμένους στρατιώτες να μπαίνουν και να βγαίνουν από το κοινοβούλιο. Πίστευε ότι μέσα εκεί, ήταν οι λοχίες και οι στρατιώτες που δεν έφυγαν για κάποιο νησί στα Φίτζι ή τις Φιλιππίνες, και χαίρονται με τον κόσμο που πεθαίνει... Ή λυπούνται που ήταν κορόιδα, και πλέον πάλευαν μονάχα από εγωισμό.

Ο Βενέδικτος, έκανε κάτι που κανείς δεν τόλμησε πιο πριν: είχε σκοπό να πάψει τον πόλεμο... Ή να αφήσει την τελευταία του πνοή, προσπαθώντας. Πήγε έξω από την καγκελόπορτα, και άρχισε να την ταρακουνά με τα χέρια του.
"Стреляйте в него"! Φώναξε ένας από τους στρατιώτες.

Έσπευσαν έξω τρεις, και άνοιξαν την πόρτα, σπρώχνοντας τον.
"Go away"! Φώναξε ένας πνιχτά, χωρίς να βγάλει τη μάσκα του.
Ο Βενέδικτος έβγαλε τη μάσκα, και μίλησε στα Αγγλικά με τους φρουρούς, λέγοντάς τους πως θέλει να μιλήσει με τον Διοικητή.

Με την άκρη τού ματιού του, είδε σε ένα παράθυρο έναν άνδρα γύρω στα εξήντα, αδύνατο, με μια ουλή στο πρόσωπο, κάπου στα χείλη, να κοιτά με το βαθύ του βλέμμα. Εκείνη τη στιγμή, ένας στρατιώτης τράβηξε το όπλο του, καθώς ο Βενέδικτος έβαζε πάλι τη μάσκα.

Ο Βενέδικτος κοκάλωσε, σαν είδε το όπλο, μα ξάφνου, χτύπησε ο ασύρματος. Μετά από μερικές Ρωσικές λέξεις, ο Βενέδικτος μπήκε στον μαραμένο κήπο, και στη συνέχεια στο κτίριο.

Μέχρι και το τέλος τού μεγάλου διαδρόμου, ο φρουρός δεν έβγαλε τη μάσκα του, ούτε και ο Βενέδικτος. Όταν έφτασαν στην πόρτα, με δύο χτυπήματα, επιτράπηκε η είσοδος μονάχα στον Βενέδικτο.

Η πόρτα έκλεισε. Στο γραφείο απέναντι, μπροστά από το παράθυρο, καθόταν ο άνδρας που είχε δει από το τζάμι, χωρίς μάσκα.

"Μπορείτε να αφαιρέσετε τη μάσκα σας, κύριε Βρέλη".

Ο Βενέδικτος είχε δίπλα του μία μηχανή, η οποία έβγαζε καθαρό αέρα. Αφαίρεσε τη μάσκα του, και μίλησε με τον Διοικητή.

"Μιλάτε Ελληνικά";

Κόπιασε. "Μα— Μάλιστα"...

"Πώς";

"Ποιος είναι ο λόγος τής επίσκεψής σας, κύριε Βρέλη";

"Θέλω να συζητήσουμε για το ενδεχόμενο διακοπής τού πολέμου".

Ο Διοικητής γέλασε, σαν έβαλε λίγο λικέρ και στους δύο.

"Δύσκολο, αγαπητέ. Βλέπετε, εγώ δεν είμαι αρμόδιος, να —"

"Και ξέρετε πού είναι ο αρμόδιος";

Ο Διοικητής δεν ήξερε τι να πει.

"Σε κάποιο καταφύγιο, υποθέτω... Μην προτείνετε επανάσταση, κατανοείτε πως δεν είμαι ο μόνος που δίνει εντολές, θα εκτελεστώ"...

"Γνωρίζετε ποια ήταν η κύρια αιτία τής ήττας τού Αδόλφου Χίτλερ";

"Υποθέτω... Κακή στρατηγική";

"Όχι. Οι στρατηγοί του, αρνήθηκαν να υπακούσουν τις εντολές του. Και σήμερα, που ο κόσμος είναι πραγματικά στο χείλος τής εξαφάνισης, πρέπει κάτι να κάνετε, ό,τι περνάει από το χέρι σας! Ίσως η ανθρώπινη παρουσία στη Γη να ανθίσει ξανά, και —"

“Να σας διακόψω εδώ. Αν συνεχίσετε την προσπάθεια, θα πρέπει να σας εκτελέσω”.
“Άχ, ελάτε τώρα, λες και δε θα με εκτελέσετε με το που πάω να φύγω”!
Ο Διοικητής έμεινε έκπληκτος.
“Έχετε τόσα πράγματα, δείτε”! Είπε, και έδειξε την πολυτέλεια του δωματίου.
“Προσφέρετε άσυλο σε αμάχους, και σώστε τους! Βλέπετε καθόλου τα νέα; Οι ηγέτες θα φύγουν σε άλλον πλανήτη”!
“Πώς”;

Σε μερικά δευτερόλεπτα βουβής συνεννόησης δια των οφθαλμών, ο Διοικητής πετάχτηκε, έβγαλε μια συσκευή υψηλής τεχνολογίας, και παρακολούθησε κάτι.
“Αδύνατον”! Αναφώνησε.
Άρπαξε κάτι σαν ασύρματο, και άρχισε να λέει στα Αγγλικά, διάφορα. Άρχισε να μιλάει με μία γυναίκα, η οποία τού έλεγε:

"Ο πρωθυπουργός δεν μπορεί να επικοινωνήσει, είναι επείγον";
"Ναι, επείγον βαθμού δέκα"! Απάντησε εκείνος τσιτωμένος.
"Παρακαλώ περιμένετε"...
Έγινε μία παύση, που διήρκησε πάνω από ένα λεπτό. Ο Διοικητής φαινόταν αγχωμένος, να χτυπάει νευρικά το πόδι του στο έδαφος.

Όταν εξαντλήθηκε η υπομονή του, ξανακάλεσε.
"Ο πρωθυπουργός δεν μπορεί να επικοινωνήσει, είναι επείγον";
Μιλούσε με αυτόματο τηλεφωνητή: κατάλαβε την απάτη.
Αμέσως, κάλεσε στρατηγούς στο μέτωπο, και διέταξε την παύση πυρός. Κατόπιν, έκανε μερικές κλήσεις, μέχρι που έφτασε τον συνταγματάρχη τού άλλου στρατοπέδου. Μετά από μερική συνεννόηση, κατέληξαν στο ότι είχαν

πέσει και οι δύο θύματα της ίδιας απάτης.

Και, με αυτόν τον τρόπο, την επόμενη κιόλας ημέρα υπογράφηκε συμφωνία ανάμεσα στα δύο τοπικά στρατόπεδα, και αυτό συνέχισε για έναν μήνα και στα άλλα, ώσπου κατέληξε το 86% των πολεμίων μετώπων, να έχουν εξαφανιστεί άτυπα, χωρίς να το έχει αντιληφθεί κανένας ηγέτης.

Στις 3 Ιουνίου 2034, όλοι οι πόλεμοι ανάμεσα στα κράτη είχαν λάβει ένα τέλος, και έμενε μόνο να αντιμετωπιστεί το πρόβλημα των τοπικών συμμοριών.

Στη συνέχεια, έπρεπε να βρεθεί τροφή, νερό, στέγη και προστασία από την κλιματική αλλαγή για τον λαό... Αλλά δεν είχε μείνει και πολύς... Στις χώρες όπου οι κάτοικοι είχαν γνωρίσει τη φτώχεια από νωρίτερα, τα ποσοστά των επιζώντων ήταν πολύ υψηλότερα.

Διάσπαρτοι στη γη, υπήρχαν περίπου ένα δισεκατομμύριο άμαχοι, και τριακόσιες χιλιάδες πρώην στρατιώτες. Οι πλούσιοι και οι εύποροι, είχαν εξαφανιστεί για τα καλά. Έφυγαν; Πέθαναν; Ποιος ξέρει;

# Κεφάλαιο XX

Σε έναν πόλεμο, δεν υπάρχει νικητής και χαμένος: όλοι χαμένοι είναι. Ακόμη και αυτή τη στιγμή, που το ανθρώπινο είδος έπαψε την αιματοχυσία και βάλθηκε να αποκαταστήσει το χάος, όλα φαντάζουν χειρότερα από πριν: ο κόσμος ξέρει τι ασφάλεια υπάρχει μέσα σε τούτα τα "λημέρια" των στρατηγών, και γνωρίζουν πως δεν επιτρέπεται να μπουν.

Ποιος θέλει να σώσει έναν φτωχό, πεινασμένο, βρώμικο, πιθανότατα άρρωστο και -ίσως- επικίνδυνο ξένο; Ύστερα από την παγκόσμια ειρήνη -η οποία δεν έμοιαζε με ειρήνη διόλου, έξω από τα κοινοβούλια και τα οχυρωμένα κτίρια, έχασαν τη ζωή τους σχεδόν πενήντα χιλιάδες άτομα, στην προσπάθειά τους να εισέλθουν.

Αν και ο Βενέδικτος μπορούσε ανά πάσα στιγμή να χαρεί τον καθαρό αέρα και την καθαριότητα των προεδρικών μεγάρων, δεν ανεχόταν να μπει σε κτίρια που γίνονταν η άμεση αιτία δολοφονίας τόσων αθώων: καλύτερα να έμενε μαζί τους, να τους έδινε ό,τι μπορούσε, διότι το είχε αποφασίσει: εκείνες οι ημέρες, ήτανε οι τελευταίες του.

Κάθε ημέρα, έκανε την ίδια διαδρομή: έφευγε από την καλύβα του, κατέβαινε τον λόφο που έφτανε στο κοινοβούλιο, έστελνε το ίδιο μήνυμα στον Διοικητή: "Είσαι δειλός", και ύστερα συνέχιζε, μέχρι που περνούσε από ένα στενό, έκανε τον γύρο τής οδού, και γυρνούσε πίσω. Έπαιρνε μαζί του μερικά φαγητά που είχε στο καλύβι, και, αντί να τα φάει, τα έδινε στους φτωχούς.

Σε τρεις ημέρες, ο Βενέδικτος καιγόταν σε όλο του το σώμα, και συχνά ζαλιζόταν. Περνούσαν από το μυαλό του τρομερές σκέψεις πείνας. Ήταν αδιαμφισβήτητο: κάπως είχε κολλήσει τον ιό...

Την έκτη ημέρα, δεν είδε τον Διοικητή στο παράθυρο. Σαν άνοιξε η μεγαλοπρεπής πόρτα, τον είδε με μία μάσκα οξυγόνου, να πλησιάζει την εξώπορτα. Σε μία σιωπηλή σκηνή, ο Διοικητής έφτασε μπροστά του, και άπλωσε το χέρι του για χειραψία.

Η ματιά τους ήταν δριμεία. Ο Βενέδικτος δεν ανταπέδωσε. Με μία αργή κίνηση, ο Διοικητής έβγαλε τη μάσκα του, και την άφησε να πέσει στο έδαφος.
"Τι κάνετε, κύριε Διοικητά"; Φώναξε ο Βενέδικτος μέσα από τη μάσκα του.
Ο Διοικητής έκανε έναν στρατιωτικό χαιρετισμό, και περίμενε υπομονετικά να πεθάνει από ασφυξία.

Ο Βενέδικτος μπορούσε να προσπαθήσει να του φορέσει τη μάσκα, όμως κάτι τον κράτησε. Ο Διοικητής δάκρυσε, και είπε τις τελευταίες του λέξεις:
"Είμαι δειλός. Φοβάμαι μέχρι και να παραβώ τις εντολές των ατόμων που δεν είναι καν στον ίδιο πλανήτη με εμένα".

Και, λέγοντας αυτά, σε μερικά δευτερόλεπτα χαλάρωσε το χέρι του και όλο του το σώμα, πέφτοντας νεκρός μπροστά στα πόδια τού Βενέδικτου. Οι στρατιώτες έμειναν ακίνητοι στο θέαμα. Κανένας δεν ήξερε τι να κάνει. Ξάφνου, ένας από τους φρουρούς τράβηξε το όπλο από τη θήκη, και το σημάδεψε στον Βενέδικτο.

Εκείνος, δίχως να φοβηθεί καθόλου, τον πλησίασε, και άγγιξε το όπλο, πριν το βάλει μπροστά στο μέτωπό του.

Κοιτάχτηκαν μέσα από τις μάσκες. Ο φρουρός κατέβασε το όπλο, και είδε τον Βενέδικτο να στρίβει και να φεύγει. Στα δεξιά τού δρόμου, γύρω στο σούρουπο, είδε μία κίνηση: μια μάνα κρατούσε το νεκρό βρέφος της στην αγκαλιά. Η μάσκα της ήταν σπασμένη, και σύντομα θα πέθαινε. Ο Βενέδικτος της έδωσε τη μάσκα που είχε πάρει από τον διοικητή, μαζί με το παλτό του.

Συνέχισε τον δρόμο του. Άκουγε ήχους τριγύρω, και δεν το έκρυβε: ήταν φοβισμένος. Κρατούσε στο χέρι του το όπλο που είχε πάρει από εκείνον τον αλλόφρονα άνδρα, που είχε επιχειρήσει να φάει τον αδέσποτο σκύλο.

Ξάφνου, άκουσε μια κραυγή. Έστριψε, και είδε μία ανθρώπινη μορφή να τρέχει κατά πάνω του. Φοβισμένος και αντανακλαστικά, σήκωσε το όπλο, και τράβηξε γοργά τη σκανδάλη.

*Μπαμ!*

Πάγωσαν και οι δύο. Η μορφή έπεσε νεκρή. Ο Βενέδικτος άρχισε να τρέμει. Το όπλο έπεσε από τα χέρια του, στο έδαφος. Έστριψε, και άρχισε να τρέχει επάνω στον λόφο.

Δεξιά του και αριστερά, έβλεπε και άλλες σκελετωμένες σκιές να πεθαίνουν: ήταν η πείνα; Ήταν ο ιός; Το κρύο; Ξάφνου, δύο άνθρωποι περπατούσαν μαζί. Σε κάποια στιγμή, ο ένας πέρασε τα χέρια του στο κεφάλι τού άλλου, και τον έριξε στο έδαφος, αρχίζοντας να του σκίζει το δέρμα με τα νύχια, μέχρι που τον σκότωσε. Ο Βενέδικτος γύρισε το βλέμμα του, σα να μην είδε τίποτε, και συνέχισε τον δρόμο του. Σαν έφτασε στην κορυφή τού λόφου, είδε όλη την πόλη: βομβαρδισμένη, τοξική, σκοτεινή.

Αφαίρεσε τη μάσκα του, και έβγαλε μία κραυγή. Την ξανάβαλε, πήρε μια βαθιά ανάσα, και έβγαλε μια κραυγή ακόμη, αφού την ξαναέβγαλε. Το επανέλαβε αυτό άλλες δέκα φορές...

Σαν τέλειωσε, και είχε βγάλει ό,τι είχε μέσα του, κατέβηκε τον λόφο, μέχρι που έφτασε σε μια πεδιάδα. Στις δύο της άκρες, υπήρχαν βομβαρδισμένα κτίσματα. Ύστερα από μία εντολή που ακούστηκε, ξεκίνησε ένα μπαράζ πυροβολισμών, και ο Βενέδικτος έπεσε στο έδαφος, να προφυλαχτεί.

Αυτή ήταν μία διαμάχη απέναντι σε δύο ομάδες τοπικές. Μετά από ένα λεπτό οχλαγοής, οι ήχοι έπαψαν.

Ο Βενέδικτος σηκώθηκε, άπλωσε τα χέρια του, έβγαλε τη μάσκα, την έριξε στο έδαφος, και φώναξε:
"Αδέρφια μου! Γιατί να σκοτωνόμαστε; Σας παρακαλώ, πάψτε τούτη την τρέλα"!

*Μπαμ!*

Ο Βενέδικτος γύρισε το κεφάλι του, και είδε έναν νεαρό να τον σημαδεύει με ένα όπλο. Κατέβασε το κεφάλι του, και είδε το αίμα στο στήθος του. Ένιωσε έναν πόνο, άρχισε να παραπατάει.

Σε μερικά δευτερόλεπτα, ο Βενέδικτος γονάτισε, και με ένα βλέμμα όλο απογοήτευση, άφησε την τελευταία του πνοή, δολοφονημένος από τον συνάνθρωπό του...

# Επίλογος

Ένα εκτυφλωτικό φως τον ξυπνάει.

"Είστε μαζί μας, κύριε Βρέλη";

Ο Βενέδικτος μένει για λίγο σιωπηλός, σαν κοιτάει το λευκό ταβάνι. Σε λίγο, πετάγεται όρθιος.

Μπροστά του στέκεται ένας καλοντυμένος νεαρός με ένα όμορφο χτένισμα, που κάτι τού θυμίζει.

"Θα θέλαμε να απαντήσετε σε μερικές ερωτήσεις, κύριε Βρέλη"...

Ο Βενέδικτος, άκρως μπερδεμένος, προσπαθεί να καταλάβει πού βρίσκεται.

"Τι χρονολογία έχουμε";

"Ε... Δεν ξέρω... Νομίζω"... Πήρε τον χρόνο του να σκεφτεί. "2025";

"Πολύ σωστά. Και τι μέρα είναι";

Ο Βενέδικτος κοίταξε την κάψουλα, όλους τους υπαλλήλους τριγύρω.

"Αυτός είναι ο κόσμος που θέλατε να δω; Αν ναι, τότε θα σας πω τι μέρα είναι: είναι ημέρα να κάνουμε κάτι"!

ΤΕΛΟΣ... ΣΥΝΕΧΙΖΕΤΑΙ;

www.ingramcontent.com/pod-product-compliance
Lightning Source LLC
LaVergne TN
LVHW091145080826
845145LV00008B/2266